Antología poética

Miguel Hernández

Antología poética

Selección, introducción y notas
Agustín Sánchez Vidal

Estudio de la obra
Manuel Otero Toral

Ilustración
Francisco Solé

Vicens Vives

Primera edición, 1993
Reimpresiones. 1996, 1997, 2000, 2003, 2003
2004, 2004, 2004, 2007, 2009, 2010, 2010
Decimotercera reimpresión, 2011

Depósito Legal: B. 34.903-2011
ISBN: 978-84-316-3226-7
Nº de Orden V.V.: DU78

IMPRESO EN ESPAÑA
PRINTED IN SPAIN

Editorial VICENS VIVES. Avda. de Sarriá, 130. E-08017 Barcelona.
Impreso por Gráficas INSTAR, S.A.

ÍNDICE

INTRODUCCIÓN

ANTOLOGÍA POÉTICA

ESTUDIO DE LA OBRA

Miguel Hernández (1910-1942)

INTRODUCCIÓN

No es raro que a Miguel le fascinara la imagen del rayo, y que él mismo la aplicara a la temprana muerte de su "compañero del alma" Ramón Sijé. La de Hernández fue también una trayectoria fulgurante y precipitada, que le llevó a quemar etapas con una rapidez pasmosa. Nacido el 30 de octubre de 1910, en 1933 publica en provincias su primer libro de poemas, *Perito en lunas*, que pasa prácticamente desapercibido. En 1934 remata un auto sacramental, *Quién te ha visto y quién te ve y sombra de lo que eras*, que ve la luz en Madrid en una de las revistas más prestigiosas, *Cruz y Raya*. En 1936, su segundo poemario, *El rayo que no cesa*, merece la atención de Ortega y Gasset, que ofrece un avance del mismo en su *Revista de Occidente*, siendo saludado por el implacable Juan Ramón Jiménez con toda suerte de elogios. Cuando estalla la guerra civil, su libro *Viento del pueblo* (1937) se convierte en la quintaesencia misma del bando republicano. Y su voz se vuelve mucho más tenue y sutil, desnuda y esencial a partir de *El hombre acecha* (1939) y en el *Cancionero y romancero de ausencias*, obra póstuma que redacta entre 1938 y su muerte, acaecida el 28 de marzo de 1942.

Si se echan cuentas se notará que en tres años pasa de ser un completo desconocido a ponerse a la cabeza de la poesía española de su época. Algo nada fácil, porque llegaba con mucho retraso a sumarse a uno de los más brillantes grupos de toda la historia de nuestra literatura, el de los poetas que suelen ser conocidos como "Generación del 27". Y especialmente arduo en su caso, porque procedía de una familia muy humilde y era prácti-

Miguel Hernández (primero por la izquierda) y sus hermanos, hacia 1922. A la derecha, Miguel a los catorce años.

camente un autodidacta, que tenía que codearse con escritores que eran de origen acomodado y en más de un caso tenían un trato profesional y profesoral con la literatura.

De hecho, Miguel Hernández es uno de nuestros escasos grandes poetas de origen auténticamente popular, por no decir el único. Ello le obligó a recorrer un largo camino para hacerse con una voz culta en una de las etapas más complejas de la historia del arte, la de las vanguardias. Camino que hubo de desandar para encontrarse consigo mismo y llegar a dominar una voz personal y de una sencillez llena de sabiduría.

Lo hizo, además, en muy dramáticas circunstancias: entre 1933 y 1936, debatiéndose en la mayor penuria; de 1936 a 1939, con urgentes responsabilidades en la guerra civil; y de 1939 a 1942, en una docena de cárceles, muy debilitado y enfermo. Debido a ello, el recorrido por las circunstancias en que fue surgiendo su obra es capital para entender los versos que siguen, que unas veces son ingenuos y pedestres, en ocasiones herméticos, otras católicos, más allá comunistas y muy a menudo poesía, a secas.

Perito en lanas (1910-1932)

Miguel Hernández Gilabert nace en la localidad alicantina de Orihuela el 30 de octubre de 1910, hijo de un modesto tratante de cabras. Su padre, hombre duro y poco comprensivo, sólo le permitió asistir a la escuela hasta 1924. En marzo de ese año lo coloca como dependiente en una tienda de tejidos y, al quemarse el establecimiento, lo dedica a cuidar el rebaño familiar. Era este el oficio más bajo que cabía desempeñarse en la ciudad, y para Miguel tuvo que ser muy humillante pasar todos los días arreando las cabras delante de sus compañeros de pupitre.

Aunque ya tuviera inclinaciones literarias, es más que probable que sus versos nazcan en una primera instancia de ese trance. Por un lado, porque el cuidado del ganado le dejaba muchas horas por delante para cavilar; por otro, y principalmente, porque la poesía le permitía compensar la dura realidad cotidiana, hurtándose de ella. Y ese mecanismo de redención será esencial en toda esta etapa, y aun en toda la obra de Hernández.

Por eso no debe extrañar que sus versos oscilen entre el apunte local y costumbrista y la estilización e idealización más desaforada. Y así, hay retratos literarios de sus quehaceres de pastor junto a alusiones a temas mitológicos y lo que convencionalmente se conoce en literatura como "pastoril". De manera que el *panocho* (dialecto de la huerta murciana) alterna con dioses griegos y romanos y los partos de las cabras con refinamientos de raigambre modernista, a la zaga de Rubén Darío y Juan Ramón Jiménez, o del romanticismo más intimista de Bécquer. En el fiel de la balanza, escritores como Gabriel Miró le proporcionaban el equilibrio deseado, ya que este estilista alicantino había escrito sobre Orihuela con un alto grado de elaboración, que se detectará más tarde, entre 1932 y 1934, en las numerosas prosas que irá desgranando Hernández, en especial su fragmentaria novela *La tragedia de Calisto*.

Sabemos, sin embargo, por sus manuscritos, el trabajo que le costaban a Miguel estas composiciones de tono culto, que no son exactamente escapistas, sino una auténtica redención social. Provisto de un diccionario de mitología, otro de la rima y el de la Lengua, este trabajo vino a ser el sustituto de la escuela que le faltó. Entre sus manuscritos hay apuntes como éste: "*inexpugnable:* que no se puede conquistar con armas, que no se deja vencer ni persuadir". Es decir, que —con un pie en la Naturaleza y otro en el idioma— va a tratar de ir ganando posiciones lentamente, y ése es el mayor interés que encierran sus poemas de adolescencia.

Dos hitos marcarán pronto su crecimiento como poeta y la actualización de su escritura: la amistad con **Ramón Sijé** y el primer viaje a Madrid. *Ramón Sijé* era el seudónimo que había elegido *José Marín* Gutiérrez a partir de su nombre y el primer apellido, combinando las letras en distinto orden, es decir, recurriendo al anagrama. Hijo de un comerciante de tejidos de Orihuela, de familia relativamente acomodada y estudiante de Derecho en la Universidad de Murcia, será para Miguel una especie de mentor, a pesar de ser más joven que él.

La amistad entre ambos se inicia en 1929. Sijé pronto se convierte en orientador de sus lecturas, además de tender a su alrededor una red de relaciones que arroparán a Hernández en sus viajes a la capital. El primero de ellos tiene lugar el 30 de noviembre de 1931, al librarse Miguel del servicio militar por excedente de cupo y esfumarse así sus esperanzas de escapar al cerrado y conservador ambiente de Orihuela.

La estancia madrileña fue relativamente larga, y muy dura. Las cartas que se conservan de esta etapa nos muestran a un Miguel desesperado por conseguir dinero para poder pagar la pensión y su manutención. Debieron menudear las broncas con el dueño de la fonda, que lo puso en la calle, teniendo que dormir en el metro o a la intemperie. Y a ello se sumó la soledad de las fechas navideñas en la gran ciudad, la vergüenza por sus ropas, que van deteriorándose hasta no atreverse a frecuentar las tertulias de los intelectuales "señoritos", la espera de una ayuda oficial que nunca llegará…

El objetivo del poeta era muy claro: aparecer en la prensa nacional para volver a su tierra y hacer valer esos reconocimientos de cara a la Diputación de Alicante y el Ayuntamiento de Orihuela, de los que esperaba obtener una beca. A mediados de enero y febrero aparecieron, por fin, una entrevista y un reportaje en sendas revistas, y en mayo, agotados todos los recursos

A la izquierda, el canónigo de Orihuela, Luis Almarcha, en cuya biblioteca pudo leer Miguel autores clásicos y modernos. Junto a Almarcha, José Marín Gutiérrez (Ramón Sijé), quien tuvo una decisiva influencia en la primera etapa del poeta.

económicos, hubo de volver a su pueblo con más pena que gloria.

Sin embargo, el medio año que ha pasado en Madrid no será baldío, ni mucho menos. De él no se deducirán posibilidades de sustento material, pero su forma de escribir cambia radicalmente, volviéndose más actual y culta. A mediados de mayo, tan pronto como se asienta en Orihuela, comienza a urdir los versos de *Perito en lunas*, libro que tiene ya muy avanzado en el verano de 1932, aunque no aparezca hasta enero de 1933. Todo él está transido de una ambición literaria, densidad metafórica y tensión de lenguaje que antes no existía en sus versos. Tomando como punto de referencia las realidades más cotidianas, incluso las más sucias, las transmuta hasta convertirlas en auténticas joyas, ennobleciéndolas para, de esa forma, elevar sus pobres quehaceres a la altura de sus aspiraciones de poeta.

El metro elegido es la octava real, y los modelos una muy compleja mezcla de poetas simbolistas y postsimbolistas franceses (que a menudo traduce él mismo de ese idioma), Jorge Gui-

D. Juan R. Jiménez

Venerado poeta: Solo conozco a Vd. por su "Segunda Antología Poética" que -créalo- ya he leído cincuenta veces, aprendiéndome algunas de sus composiciones. ¿Sabe Vd. donde he leído tantas veces su libro? Donde son mejores todos: en la soledad, a plena naturaleza y en la silenciosa, misteriosa, llorosa hora del crepúsculo junto por antiguos senderos empolvados y desiertos entre sollozos de esquilas...

No lo extrañe lo que digo admirando maestro: es que soy pastor. No mucho poético como los que Vd. canta pero sí un poquito poeta. Soy pastor de cabras desde niño. Y estoy contento con serlo, porque habiendo nacido en casa pobre, pudo mi padre darme otro oficio y me dió este que fué de dioses paganos y héroes bíblicos.

Como le he dicho, creo ser un poco poeta. En los prados por que yerro con el cabrío ostenta natura su mayor grado de hermosura y pompa: muchas flores, muchos ruiseñores y verdones, mucho cielo y muy azul; algunas majestuosas montañas y unas colinas y lomas tras las cuales queda la gran era azul del Mediterráneo.

...Por fuerza he tenido que cantar... Inculto, tosco, es que escribiendo poesía profano el divino Arte... ¿o tengo culpa de llevar en mi alma una chispa de la hoguera que arde en la suya...?

Vd. tan refinado, tan exquisito cuando lea esto ¿qué pensará? Mire: odio la pobreza en que he nacido, yo no sé... por muchas cosas... Particularmente por ser causa del estado inculto en que me hallo que no me deja expresarme bien y claro ni decir las muchas cosas que pienso. Si son molestas mis confesiones, perdóneme y... -Ya no sé como empezar de nuevo-. Le decía antes que escribo poesía... Tengo un millar de versos compuestos sin publicar. Algunos diarios de la provincia comenzaron a sacar en sus páginas mis primeros con elogios... Dejé de publicar en ellos... En provincias leen bien pocos los versos y los que los leen no los entienden. Y tengo aquí con un millar de versos que no sé qué hacer con ellos. A veces me he dicho que quemarlos tal vez fuera lo mejor.

...Soñador como tantos, pienso ir a Madrid. Abandonaré las cabras -ah, sus esquilas en la tarde!- y con el escaso cobre que puedan darme mis padres tomaré el tren de aquí a una quincena de días para la corte.

¿Podrá Vd. dulcísimo don Juan Ramón recibirme en casa y leer lo que le lleve?... ¿Podría enviarme unas letras diciéndome lo que crea bien?

Hágalo por este pastor un poquito poeta que es lo agradecerá eternamente.

Miguel Hernández

Dirección:
Miguel Hernández
Arriba, 73
Orihuela.

Poco antes de su primer viaje a Madrid, Miguel Hernández escribe esta carta a Juan Ramón Jiménez, en la que dirá: "odio la pobreza en que he nacido, yo no sé... por muchas cosas... Particularmente por ser causa del estado inculto en que me hallo que no me deja expresarme bien ni decir las muchas cosas que pienso".

llén, Góngora, las greguerías de Ramón Gómez de la Serna y los vanguardistas españoles conocidos como *ultraístas*, que venían a mezclar elementos futuristas con el *creacionismo*, nombre con el que en el ámbito hispánico se conoció el cubismo literario. Todos ellos tenían algo en común: privilegiaban la metáfora sobre la palabra, y tampoco era raro que los objetos no se nombraran directamente, sino mediante rodeos metafóricos. Así, Hernández llamará al almendro "eucaristía de la abeja" e intentará evitar llamar *zapatos* a los zapatos, ensayando en un manuscrito: "zepelines terrestres – asoma la nariz de los pulgares – os abrís como castañuelas malolientes – los dientes de mis pies os han mordido – tesoros de callos, forro de mis pasos – sois pares como los guardias civiles – tricornios de los pies – coches ya sin caballos – un bostezo de piel…"

Hernández llevaría esta tendencia hasta su máximo extremo, llegando a componer poemas casi ininteligibles si no se poseen las claves de su escritura. Pero ello no se debía a ningún capricho, como se ha llegado a afirmar. Era una necesidad vital por varias razones. Porque tenía que reconciliar su condición de cabrero y sus aspiraciones de poeta (para entendernos, tenía que tender un puente entre la lectura del exquisito Juan Ramón Jiménez y las boñigas que acababa de limpiar en las cuadras). Porque sus versos de adolescencia estaban completamente trasnochados y su técnica se había quedado en el romanticismo, el naturalismo o, como mucho, en el modernismo. Y porque tenía que ir estructurando su visión del mundo, su *cosmovisión*, para no naufragar en la anécdota o la cáscara de la realidad y acceder a las sustancias principales, a las categorías de las cosas (que ésa, y no otra, es la misión esencial del poeta).

En el prólogo a *Perito en lunas* Ramón Sijé definió ese crecimiento de Hernández con el lema "transmutación, milagro y virtud". Era una desiderata, un ideal. Miguel cumplió con creces la primera parte, y transmutó el paisaje oriolano hasta dejarlo irreconocible; tanto, que esos poemas hay que descifrarlos como si de adivinanzas se tratara. No faltan tampoco incursiones en lo milagroso, si por tal se entienden los prodigios de lo cotidiano. Pero no está tan claro que en este primer libro se acatara en plenitud la visión de la naturaleza como soporte de alegorías morales, que es a lo que seguramente habría aspirado Sijé. Sin embargo, ese programa, militantemente católico, sí sería llevado a cabo en su siguiente etapa, presidida por una poesía de cuño religioso.

Transmutación, milagro y virtud (1933-1934)

En el tránsito del siglo XIX al XX, el pensamiento cristiano había conocido no pocos intentos de renovación, algunos de los cuales alcanzaron de lleno al ámbito intelectual español, como sucedería con la revista *Cruz y Raya*, fundada en 1933 por José Bergamín. Uno de los planteamientos más difundidos de esa literatura neocatólica —y, en cualquier caso, el que ahora nos interesa de forma más directa— fue el de la "poesía pura".

Bajo esta etiqueta se amparaba una concepción supuestamente actualizada de la poesía religiosa, cuyo principal teorizador sería el crítico y clérigo francés Henri Bremond, quien publicó en 1926 y 1927 dos libros claves, *La poesía pura* y *Plegaria y poesía*.

Portada de la primera edición de Perito en lunas. *Número de la revista* El Gallo Crisis, *dirigida por Ramón Sijé.*

En nuestro país, esas ideas cayeron en terreno abonado, en plena Dictadura de Primo de Rivera (1923-1929), que impuso a la vida nacional un sesgo conservador. Pero es que, además, Bremond exaltaba como modelo al indiscutible San Juan de la Cruz, y su propuesta venía a sumarse a otros enunciados puristas más laicos, como el defendido por Juan Ramón Jiménez, los creacionistas e incluso los neogongorinos de la generación del 27. Y aún cabría añadir el espíritu de época detectado ya por Ortega y Gasset en 1925 a través de *La deshumanización del arte,* libro que había insistido en la independencia de las manifestaciones artísticas respecto a instancias vitales y sentimentales que procedían del romanticismo residual.

Dada esa amalgama, no es extraño que en Miguel Hernández todos esos componentes aparecieran tan mezclados y confusos en *Perito en lunas,* y que continuaran en 1933 y 1934, decantados con mayor nitidez en cuanto a su militancia católica, pero no mucho más diáfanos en lo que a coherencia de planteamientos se refiere. Ello se debe en buena medida a la influencia de Ramón Sijé, que en estos dos años es más intensa que nunca. Aunque éste es un punto que no está satisfactoriamente estudiado, la escritura y modo de pensar de Sijé distan mucho de ser un modelo de claridad y madurez.

En junio de 1934 este amigo y mentor de Hernández fundó en Orihuela la revista *El Gallo Crisis,* y poco antes de su muerte, a finales de 1935, concluyó un ensayo sobre el romanticismo titulado *La decadencia de la flauta y el reinado de los fantasmas.* Por lo que podemos deducir de esas dos acometidas intelectuales, se trataba de una especie de asceta cuyo temperamento chocaba en muchos aspectos con el más sensual de Miguel. Tampoco la ideología de este último iba precisamente en la misma dirección, claramente izquierdista, que pronto adoptaría Hernández a partir de 1935. Sin embargo, entretanto, el ascendiente que sobre él va a ejercer será muy grande, y en buena medida beneficioso, plasmándose en un auto sacramental, *Quién te ha visto y quién te ve y sombra de lo que eras*, un libro de poesía ascética, *El silbo vulnerado,* y muchas otras composiciones de orientación neocatólica.

Es indudable que las críticas poco alentadoras que había recibido *Perito en lunas* al aparecer en Murcia en enero de 1933 debieron pesar en la disponibilidad de Miguel respecto a los consejos de Sijé, y en el transcurso de ese año se dedicó a introducir significados alegóricos y morales en temas que hasta ese momento habían sido descritos más externamente, a golpe de metáforas. Las imágenes se hacen más escuetas, menos barrocas y más inteligibles, agrupándose en secuencias positivas o negativas según contribuyan o no al triunfo del espíritu sobre la carne, o según manifiesten o distorsionen una naturaleza que en buena medida es reflejo del esplendor divino. No es extraño que ese esfuerzo estructurador, que comienza en la poesía a la zaga de San Juan de la Cruz, termine trasladándose al teatro de la mano de Calderón de la Barca, acogiéndose a la muy decantada tradición del auto sacramental.

Hacia el otoño de 1933 ya empezó a perfilar esta pieza dramática, en la que se narra de forma simbólica la caída del hombre y su redención gracias al sacrificio del Hijo de Dios, cuya celebración da pie a la Eucaristía. Caída debida a la Carne, que actúa como danzarina o Salomé tentadora. A ello se añaden las instigaciones del Deseo sobre los Cinco Sentidos, personajes que harán la revolución proletaria contra el amo al que se niegan a servir, provocando la caída del Hombre-Niño. La parte segunda transcurre en el Estado de las Malas Pasiones, un regalado vergel que pronto será sustituido por la dureza de la vida de labrador que ha de ganarse el pan con el sudor de su frente. Ello le conduce a cometer el crimen cainita, matando al Pastor. La parte tercera corresponde al Estado del Arrepentimiento, retirado el Hombre a la soledad del desierto. Pero el Buen Labrador hará que los Cinco Sentidos, la Carne y el Hombre se arrepientan de sus errores, lo que provoca la ira del Deseo y los Siete Pecados Capitales, que queman su cuerpo en una hoguera, liberando su espíritu, que asciende hacia la altura.

Sin embargo, algo salvará esta poesía del puro cerebralismo: por un lado la plasticidad levantina con que este tipo de teatro religioso se ha revestido, hasta sobrevivir en manifestaciones como el Misterio de Elche. Por otro, el poderoso sentimiento de la Naturaleza con el que siempre contó Miguel Hernández como su más seguro contacto con el mundo y su más fiel aliado poético. El Estado de las Inocencias es un campo de almendros y nieve, que tras el pecado se convierte en un huerto vicioso de "higueras, manzanos y toda clase de árboles sensuales". Este despliegue da paso, a su vez, a "un trigal eterno de grande", esquematización de una Castilla entre ascética y noventayochista.

En marzo de 1934 Miguel llevaba lo suficientemente avanzada la obra como para trasladarse por segunda vez a Madrid, donde, a diferencia de la estancia anterior, el resultado sería ampliamente satisfactorio. Esta vez iba mucho más arropado por las fuerzas vivas del catolicismo, tanto del murciano (atrincherado en el periódico *La Verdad*, en una de cuyas colecciones había aparecido *Perito en lunas*) como del madrileño. En plena Segunda República (1931-1939), un auto sacramental era algo tan exótico que por fuerza tenía que llamar la atención, sobre todo si reunía la calidad del de Hernández. De hecho, cuando Miguel lo presentó ante la tertulia de la revista *Cruz y Raya*, sus miembros se quedaron asombrados de la maestría verbal de aquel joven de 23 años, y le aseguraron su publicación, animándole a que lo concluyera. Entre los componentes de esa peña se encontraba José María de Cossío, hombre clave en la vida de nuestro poeta.

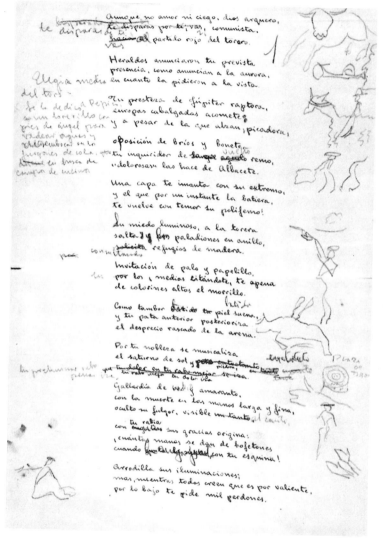

Manuscrito del poema "Elegía media del toro" (número 21 de nuestra selección). Miguel Hernández lo dedica "a un torerillo con pies de ángel para vadear aguas y desembocar en los furgones de cola en busca de campos de encinas". Nótese en él parte del proceso de creación, y también las ilustraciones correspondientes a cada una de las estrofas del poema.

El 19 de julio Miguel vuelve a la capital para entregar la totalidad del original del auto, que aparecerá en *Cruz y Raya* en tres entregas durante ese mes y los dos siguientes. Es entonces cuando tiene ocasión de conocer a otro personaje de gran importancia en su obra, el escritor chileno Pablo Neruda, que se establecerá en breve en Madrid. Por lo tanto, aunque en la segunda mitad de 1934 aparecen poemas de Hernández en la revista *El Gallo Crisis* (cuyos primeros números aparecen en junio, agosto y octubre de ese año), han entrado ya en funcionamiento nuevos componentes que ampliarán considerablemente sus perspectivas intelectuales.

Y es que en Madrid puede palpar un ambiente mucho más progresista y revolucionario que en Orihuela, debido al mayor compromiso político que caracteriza la década de los treinta frente a la de los años veinte. Este fenómeno —que se da en toda Europa— se vio reforzado en España debido al paso de la Dictadura de Primo de Rivera a la Segunda República. A ello se añadiría un segundo aldabonazo en 1934 con la revolución asturiana, hasta alcanzar una auténtica convulsión con el estallido de la guerra civil, que obligó a una inevitable toma de partido tras el 18 de julio de 1936. Pero a Miguel le costará ingresar en esa dinámica, porque la influencia de Neruda no es operativa hasta bien entrado 1935. Entretanto, sí que se detecta de inmediato la de Bergamín y Cossío, Ramón Gómez de la Serna y, un poco más tarde, la de la Escuela de Vallecas.

El *Rayo* vallecano

Aunque Miguel Hernández no publicó hasta enero de 1936 su decisiva obra *El rayo que no cesa*, su génesis arranca de finales de 1934, consolidándose a lo largo de 1935, justamente cuando su escritura experimenta uno de sus más decisivos estirones: el paso del purismo católico del auto sacramental y *El silbo vulnerado* de 1933 a la "poesía impura" que escribe en la órbita de Neruda, y que examinaremos en el siguiente apartado.

Ese cambio puede sorprenderse a través de dos obras de teatro, *El torero más valiente* (escrita entre agosto y octubre de 1934) y *Los hijos de la piedra* (compuesta en el verano y otoño de 1935) y, sobre todo, un proyecto de libro que también se titula *El silbo vulnerado*, pero que resulta ya muy evolucionado respecto a la versión de 1933, hasta el punto de que de él resultará *El rayo que no cesa*, tras otra versión intermedia titulada *Imagen de tu huella*.

Si *El silbo vulnerado* de 1933 se caracterizaba por la influencia de Sijé y su registro religioso, el de 1935 ya se vence del lado amoroso (dado que en septiembre de 1934 Miguel ha formalizado su noviazgo con Josefina Manresa) y se halla bajo el alcance de la Escuela de Vallecas, integrada por un grupo de artistas plásticos que Miguel conoce a finales de 1934, cuando realiza su cuarto viaje a Madrid. Para entonces ya ha intentado con *El torero más valiente* un acercamiento al mundo taurino, a raíz de la muerte del diestro Ignacio Sánchez Mejías, y ello dota a su obra de un aire más terrestre, menos místico que la etapa que cae bajo el influjo más directo de Sijé. Además, se puede detectar un catolicismo menos provinciano y retrógado que el de su amigo a través del ideario de José Bergamín, que empapa la obra, hasta el punto de que es uno de los personajes de la misma, al igual que Gómez de la Serna, que también gravita lo suyo sobre el resultado final.

Esa vocación más apegada a las realidades de tejas para abajo se afianza al entrar en contacto con el escultor Alberto Sánchez y el pintor Benjamín Palencia. El primero era un toledano que había trasvasado al barro su experiencia de panadero y, sobre todo, un auténtico poeta de la materia, de origen humilde y fuertes vivencias telúricas, como el propio Miguel. Alberto llegó a modelar un "Monumento a los pájaros" que explica a la perfección el nuevo tono que cobra la expresión "Silbo vulnerado" a partir de 1935. De igual modo, no se puede entender el propósito de Hernández de conducir los ojos de los suyos y sus sentimientos hacia las cumbres más hermosas (tal como declararía en su prólogo a *Viento del pueblo*) sin la escultura titulada "El pueblo español tiene un camino que conduce a una estrella", que Sánchez expuso en el pabellón de España de la exposición parisina de 1937.

En cuanto a Benjamín Palencia, iba a ser el ilustrador de la segunda versión de *El silbo vulnerado*, y fue el fundador de la Escuela de Vallecas junto a Alberto Sánchez. Con ese membrete

Portada de la primera edición de El rayo que no cesa, *y un número de* Cruz y Raya, *la revista de orientación católica dirigida por José Bergamín.*

querían significar un arte más apegado a lo español, frente al cosmopolitismo de la Escuela de París (resultado en gran medida del prestigio alcanzado en la capital francesa por el ejemplo de Picasso). Y a esos dos nombres habría que añadir el de Maruja Mallo, una pintora gallega con la que Miguel mantuvo un romance que debería haberse traducido también en colaboración artística. Ella iba a ser la autora de la escenografía de *Los hijos de la piedra*, obra de teatro en prosa en que Hernández celebraba la vida del monte y los pastores, muy en la línea de Sánchez y Palencia. Y a ello se sumaba una cierta conciencia social y política, todavía muy inmadura, a través de una huelga de mineros que muy remotamente podía relacionarse con la revolución de Asturias que había tenido lugar en octubre de 1934.

A este panorama hay que añadir en 1935 el conocimiento de la persona y obra de Vicente Aleixandre, tan importante para Miguel, y el enfriamiento de su noviazgo con Josefina Manresa, entre el verano de este año y febrero de 1936. De manera que el *El rayo que no cesa* fragua en plena ruptura de relaciones con la que sería su mujer, y cuando Hernández se encuentra en plena crisis, ya que en enero de 1935 se ha establecido en Madrid y se ha ido distanciando de Orihuela, de Sijé y de otros componentes muy arraigados en él. Todo eso se refleja en el libro, y, cuando en la nochebuena de este último año citado muere su "compañero del alma", escribe en pocos días una prodigiosa elegía que incorpora al libro.

Según su autor, *El rayo que no cesa* estaba vendiéndose "a borbotones" durante la feria del libro madrileña de 1936, pero el estallido de la guerra civil le segó la hierba bajo los pies. Ese suceso traumático impidió seguramente el encuentro con un público multitudinario al que por su naturaleza estaba abocado, pudiendo haber alcanzado un éxito similar al que en 1928 había conocido el *Romancero gitano* de Federico García Lorca. Aun así, sigue siendo —junto a *Viento del pueblo*— uno de los más populares y vendidos de Hernández, y, sin género de dudas, el que le consagró como poeta.

No es extraño, ya que se trata del precipitado final de un laborioso proceso vital y literario que resulta de ir depurando el componente amoroso de las adherencias religiosas que habían contaminado sus versiones previas, *El silbo vulnerado* e *Imagen de tu huella*. Si estos dos títulos proceden —y no por casualidad— del *Cántico espiritual* de San Juan de la Cruz, *El rayo que no cesa* deriva de la estética que se inicia con *El torero más valiente*.

A las puertas de la guerra civil, por tanto, Hernández estaba centrado vital, estética e ideológicamente. Pero ello sólo había sido posible tras un penoso cambio de piel del que, justamente, rinde cuentas *El rayo que no cesa*, con todo su desgarro. Su accidentado proceso de redacción encubre, bajo capa amorosa y existencial, toda una muda en su entera visión del mundo. Paulatinamente en los comienzos; más acelerada hacia el final. Viniendo como viene de una dicción ascética, al principio su poesía, que intenta ser amorosa, todavía es alcanzada por las reverberaciones que nutren los poemas religiosos de alguna raigambre erótica, como el *Cantar de los Cantares* en sus distintas versiones, especialmente el *Cántico Espiritual* de San Juan de la Cruz. Estos influjos perdurarán ampliamente en todo el desarrollo textual que desemboca y culmina en enero de 1936.

Sin embargo, ya en los sonetos de *El rayo que no cesa*, y sobre todo en las composiciones más distendidas como "Un carnívoro cuchillo", "Me llamo barro..." o la "Elegía" a Ramón Sijé (que son las que vertebran el libro), se barrunta con claridad el Miguel Hernández de la "poesía impura" y de un erotismo más desinhibido. Debido a esa azarosa composición, *El rayo que no cesa* se convierte en un auténtico campo de batalla en el que se acusan casi todos los costurones de los significativos cambios que tuvieron lugar en la vida y obra hernandianas. Crisis de crecimiento que no es nada ajena —antes bien, cuidadosamente sincrónica— con los conflictivos momentos que atravesaba España en los años inmediatos a la guerra civil. Crisis, por tanto, profunda, que implicó al hombre y al poeta en sus manifestaciones amorosas y políticas, dejando en una más que discreta penumbra las disquisiciones religiosas que poco antes acaparaban su atención.

Una vez resueltos sus conflictos íntimos, sólo le restaba aclarar sus posiciones ideológicas y afinar su instrumento expresivo, superando el molde constrictivo y clasicista del soneto, que encorseta todo *El rayo que no cesa*. Ello lo llevará a cabo entre 1935 y 1936, continuando el proceso de profundización en la materia, la sangre y la tierra emprendido al arrimo de la Escuela de Vallecas, y de la mano de dos de sus más poderosas influencias, Vicente Aleixandre y Pablo Neruda, dos futuros premios Nobel, que —aunque ya muy considerados en aquella época— todavía no eran poetas plenamente consagrados. A ellos les debió Hernández la adopción de las técnicas de la segunda vanguardia, en especial del surrealismo y de las posiciones de avanzada, y que podrían resumirse en la fórmula de "poesía impura".

Poesía impura (1935-1936)

En octubre de 1935 se inicia la andadura de la revista *Caballo Verde para la Poesía* con el manifiesto "Sobre una poesía sin pureza", en el que Pablo Neruda explica con claridad el alcance de una nueva forma neorromántica de habérselas con la materia verbal: "Así sea la poesía que buscamos, gastada como por un ácido por los deberes de la mano, penetrada por el sudor y el

Miguel Hernández en la inauguración de una plaza dedicada a Ramón Sijé.

humo, oliente a orina y azucena, salpicada por las diversas pro-
fesiones que se ejercen dentro y fuera de la ley. Una poesía impura como un traje, como un cuerpo, con manchas de nutrición
y actitudes vergonzosas, con arrugas, observaciones, sueños, vi-
gilias, profecías, declaraciones de amor y de odio, bestias, sacu-
didas, idilios, creencias políticas, negaciones, dudas, afirmacio-
nes, impuestos".

Miguel se sumó a esos supuestos, estableciendo respecto a su
etapa anterior una clara ruptura, tanto en privado como en público. En una carta que escribe a Juan Guerrero Ruiz hacia la primera mitad de 1935 le dice: "Ha pasado algún tiempo desde la
publicación de esta obra [el auto sacramental], y ni pienso ni
siento muchas cosas que allí digo, ni tengo nada que ver con la
política católica y dañina de *Cruz y Raya*, ni mucho menos con
la exacerbada y triste revista de nuestro amigo Sijé. En el último
número aparecido recientemente de *El Gallo Crisis* sale un poema mío escrito hace seis o siete meses: todo él me suena extraño. [...] Me dedico única y exclusivamente a la canción y a la vida de tierra y sangre adentro: estaba mintiendo a mi voz y a mi
naturaleza terrenas hasta más no poder, estaba traicionándome y
suicidándome tristemente".

Testimonio epistolar que tiene su correlato poético en esa en-
fática toma de partido que se manifiesta en el poema titulado
"Sonreídme", que puede leerse en continuidad con otro de parecido impulso revolucionario, "Alba de hachas". En ambos se sorprende un impulso revolucionario que se hace todavía más ex-
plícito en su obra de teatro *El labrador de más aire*, escrita en la
primavera y el verano de 1936, llena de plenitud y gallardía, y
donde alcanza su mayor perfección como dramaturgo, aunque la
guerra civil —que se afianza mientras termina un tanto precipitadamente la obra en Orihuela— también jugara en este caso en
contra suya, al igual que le sucedería con *El rayo que no cesa*.

El labrador de más aire es un drama de exaltación amorosa y
campesina, escrito en un momento en el que Hernández siente
una particular alergia por Madrid. Es también un autorretrato idea-
lizado, en el que el protagonista de la obra, Juan —que primero
se enamora de una moza desdeñosa de la ciudad, pero finalmente vuelve los ojos hacia su amor pueblerino—, supone el reflejo

autobiográfico del desengaño hernandiano de la capital y el retorno a Josefina tras el deslumbramiento transitorio por otras mujeres más mundanas.

Cabe pensar que *El labrador* va en verso (redondillas y romances, sobre todo) porque el cambio poético que Hernández estaba llevando a cabo ya había eclosionado con *El rayo que no cesa*, libro del que depende esta obra de teatro en su tránsito hacia *Viento del pueblo*, al que sirve de banco de prueba, como *El rayo* depende de los hallazgos de *Los hijos de la piedra* y, sobre todo, *El torero más valiente*. En cualquier caso, se trata de su más sólida obra de teatro, la más ágil y mejor construida, una pieza auténticamente airosa y fluida, llena de garbo y ritmo, jugando con oportunidad los cambios de registro de lo lírico a lo cómico o lo dramático. Sus personajes, aunque arquetipos, guardan bien el decoro y la propiedad que se les ha asignado; se atienen a una arquitectura precisa, sobre un esquema similar al de las comedias de enredo, con un desplazamiento de querencias bien medido y trabado.

Si en ese drama queda clara la toma de postura ideológica de Hernández —además de los poemas citados: "Alba de hachas" y "Sonreídme"—, cabe distinguir otro grupo de composiciones de **poesía impura**. Es corto en cuanto a su entidad numérica, pero cualitativamente adquiere gran importancia por su alto grado de experimentalismo y la consecuente ampliación técnica y temática que suponen. En ellos toma carta de naturaleza la definitiva cosmovisión hernandiana que otorga hondo calado y sustenta esos cambios formales.

Podríamos distinguir, por un lado, los de tono "existencial", fuertemente fatalistas y trágicos, muy ligados a la pena amorosa ya expresada en *El rayo que no cesa* a través de los versos de "Un carnívoro cuchillo" y "Me llamo barro". Es el caso de "Mi sangre es un camino", "Sino sangriento", "Vecino de la muerte" o "Me sobra el corazón". Otro subgrupo sería el de los homenajes a otros poetas, vivos (como las "Odas" a Neruda y Aleixandre) o muertos (la "Égloga" a Garcilaso o "El ahogado del Tajo" en honor de Bécquer).

A pesar de tratarse, realmente, de "poemas sueltos", no carecen de coherencia, ya que dejan constancia del tránsito desde la soledad que emana de su pena de enamorado hasta la solidaridad con los amigos y la comunicación con los poetas, desembocando finalmente en la fraternidad revolucionaria que le une a los oprimidos y marcando así el arranque de su poesía de combate, de tan amplio desarrollo en la guerra civil. En los versos más avanzados de esta etapa nos encontramos en los antípodas del encorsetamiento que suponían los sonetos. Aquí va a emplear de modo casi exclusivo el verso libre, desatado y amplio, encontrando, por fin, el cauce adecuado a la tumultuosa fluencia de su mundo interior.

En cuanto a la imaginería, es ésta una época presidida hegemónicamente por la sangre y sus contextos asociativos. La sangre encierra todos los impulsos de vida (pero también los de muerte); es hermana del vino (faceta entre dionisíaca y nerudiana, muy apta para volcarse en versículos libérrimos) y también se relaciona a la manera de Aleixandre con el mar, cuyos ritmos reproduce en el seno del cuerpo humano. Hernández, que se autodefinió como "voz de las venas de la tierra, de todo lo puro que hay en ella", se siente hermanado con los hombres mediante la tierra y la sangre, y con los poetas a través del viento de la palabra enterrada en el seno de un idioma al que sus predecesores en el cultivo del verbo han imprimido su huella.

De ahí surgirán las tres fuentes de solidaridad y vida que eclosionan en *Viento del pueblo*: la del vientre de la mujer que —a través de los partos de las sucesivas generaciones— hermana a todo el género humano con los eslabones de la sangre y que da origen al tema amoroso; la tierra laborable y regeneradora de los muertos, punto de confluencia también de los hombres, sustento del trabajo y patria que debe ser defendida cuando sea necesario, arranque de su poesía de combate y faena; y, finalmente, la palabra, que comunica a vivos y a muertos y es la materia prima del poeta.

Clarificación ésta que permitió a Miguel Hernández remontar su crisis personal para incorporarse a la de su país, una vez establecida la rendición de cuentas con su estado de enamorado a través de *El rayo que no cesa*. La publicación de este libro le dejó las manos libres para estar a la altura de las trágicas circunstancias que se avecinaban en ese año de 1936, con una poesía renovada y a punto, auténtica arma de combate en la que la técnica metafórica heredada de la primera vanguardia o los clásicos se ha enriquecido con el bagaje surreal derivado de la frecuentación de los versos de Aleixandre o Neruda.

Poeta de la España leal (1937-1938)

La guerra civil sorprende a Miguel en Madrid, de donde sale hacia Orihuela el día 29 de julio de 1936. No regresará a la capital hasta el 18 de septiembre, incorporándose al frente como voluntario el día 25. Durante un par de meses cava trincheras en los alrededores de la ciudad, hasta que en la segunda mitad de noviembre pasa a ocuparse de tareas más acordes con sus posibilidades, dedicándose a labores de propaganda en el seno del Quinto Regimiento, bien caracterizado por su militancia comunista, a la que se suma Hernández. Es ésta una etapa muy dura, en la que muchos compañeros mueren a diario, ocupados en la heroica defensa de Madrid.

Mucho más tranquilo resulta su período andaluz, a partir del 22 de febrero de 1937, cuando es destinado al "altavoz del Frente" en Jaén. Allí tendrá como principal tarea organizar los servicios de propaganda, imprimir un periódico, procurar el esparcimiento, educación y adoctrinamiento de las tropas, intentando que su moral no decaiga... Todo ello en un ambiente mucho menos hostil que en Madrid, ya que se trata de labores de retaguardia. Por ello aprovecha este respiro para casarse civilmente con Josefina Manresa el 9 de marzo, en Orihuela. De vuelta a Jaén corrige las pruebas de imprenta de *Viento del pueblo*, un libro desigual, sin una estructura precisa, en el que resume el primer ciclo de su producción bélica, y donde los versos de circunstancias alternan con otros mucho más logrados.

Entretanto, su esposa ha de regresar precipitadamente al pueblecito alicantino de Cox para atender a su madre, que muere al poco tiempo (el padre de Josefina, guardia civil, había sido asesinado por un grupo de milicianos en el mismo lugar, al poco de estallar la guerra). Separados por estos avatares, Miguel se desplaza en mayo y junio a los frentes de Extremadura y Madrid, y en julio participa en Valencia en el II Congreso Internacional de

Intelectuales en Defensa de la Cultura. Allí es entrevistado por el poeta cubano Nicolás Guillén, al que confiesa: "En lo que a mí se refiere, podría asegurar que la guerra me ha orientado. La base de mi poesía revolucionaria es la guerra. Por eso creo, y lo repito, que la experiencia de la lucha, el contacto directo con el dolor en el campo de batalla, va a remover en muchos espíritus grandes fuerzas antes dormidas por la lentitud cotidiana".

En el Congreso de Valencia suscribe una Ponencia Colectiva de gran interés, en la que junto a otros escritores de su generación expresa su convicción de la necesidad de aunar rigor y calidad con las funciones didácticas y divulgativas de la propaganda. Algo que ni él ni otros de los que firmaron la Ponencia logró cumplir en todo momento, pero que representa bien su talante de puente entre la vanguardia y la tradición del idioma, entre las élites y el pueblo llano.

De ahí se derivan las mejores virtudes de *Viento del pueblo*, su decidido esfuerzo por poner en un lenguaje asequible los logros de la poesía culta y moderna, procurando que no se produjera una ruptura abrupta con lo popular, como claramente se expresa en la dedicatoria a Vicente Aleixandre: "Los poetas somos viento del pueblo: nacemos para pasar soplados a través de sus poros y conducir sus ojos y sus sentimientos hasta las cumbres más hermosas. Hoy, este hoy de pasión, de vida, de muerte, nos empuja de un imponente modo a ti, a mí, a varios, hacia el pueblo. El pueblo espera a los poetas con la oreja y el alma tendida al pie de cada siglo".

Para Hernández, "los pueblos se salvan por la fuerza que sopla desde todos sus muertos". Por ello quiere diluirse como el aire, penetrar la tierra, las venas y los ojos del pueblo, hasta darse la mano con todos los compañeros y antepasados. Del quebrado *Silbo* melancólico del ruiseñor que cantaba encarcelado en la jaula personal e intransferible del soneto se ha pasado a este viento, libre y esparcido, que campa a sus anchas a lo largo y ancho del espacio y del tiempo de la geografía y de la poesía españolas. Los versos en esta época se convierten en viento, aire real, palabra emitida en comunicación directa, porque muy a menudo recuperan su carácter oral y recitativo, como instrumento de combate.

Josefina Manresa, el gran amor y la musa de Miguel.

Desde antes del primer poema del ciclo bélico ("Sentado so-bre los muertos", publicado en *El Mono Azul* el 24 de septiembre de 1936) hasta el *Cancionero y romancero de ausencias* y sus úl-timas composiciones (escritas hacia 1940 o, a lo sumo, 1941), po-dríamos distinguir una ramificación —como mínimo formal— en el quehacer de Hernández. Una parte de su producción sigue la tendencia al octosílabo, al romance y a lo popular más inmedia-to, retomando la línea de poemas como "Un carnívoro cuchillo" de *El rayo que no cesa*, y desembocando en el citado *Cancione-ro*. Esta rama constituiría una constante en Miguel: el metro corto y popular con sus raíces en la canción y la lírica más depuradas. Su ejemplo más preclaro es el romance "Vientos del pueblo me llevan" que da título a su primer libro bélico.

La otra faceta de su poesía sería la que, para entendernos, podríamos llamar la factura "culta". Suele ir en versos largos, len-tos, incluso solemnes, y de amplia andadura. Arranca de sus composiciones modernistas, se revitaliza en parte de *Perito en lunas*, en parte de *El rayo que no cesa*, en parte de su "poesía impura", va cuajando en poemas como la "Canción del esposo soldado" de *Viento del pueblo* y alcanza su culminación en los densos alejandrinos de "Hijo de la luz y de la sombra". Es un he-cho fácilmente comprobable que logra las más rotundas expre-siones de su cosmovisión en esos versos amplios, lo cual resulta bastante lógico, dado lo abarcador, solidario y caudaloso de esa cosmovisión.

En todo caso, ambas tendencias son perfectamente compati-bles, y nunca hubo en su empleo o intencionalidad ninguna dis-yunción. En las dos alcanzó la madurez expresiva. Es más: las la-bores de propaganda no fueron necesariamente negativas en su poesía; cuando logró conectar esos deberes y urgencias con su cosmovisión, le permitieron avanzar en un camino de depura-ción que su verso necesitaba, primando la eficacia comunicativa y eliminando la ganga barroca y metaforizante a que tan dado era, esa "funda que le ponía a las palabras", según la aguda ob-servación de Juan Ramón Jiménez. Fue un paso decisivo hacia la recuperación de la autonomía del vocablo, perdida en el fragor de la lucha que libró la generación vanguardista llamada del 27 por trasladar el centro de gravedad de la palabra a la metáfora.

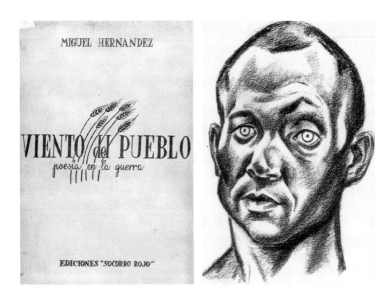

Portada de la primera edición de Viento del pueblo. *Dibujo de Miguel Hernández, obra de Ricardo Fuente.*

Cuando Hernández asume toda una serie de logros, asimilados en el más variopinto y desprejuiciado de los acarreos, y los vuelca en un lenguaje llano, de apariencia sencilla y vigoroso registro, su poesía bélica alcanza los mejores momentos. Por el contrario, cuando cae en el mero arte de propaganda, se convierte en un poeta casi tan inauténtico como el de la etapa católica. Entiéndase: no es que no crea en lo que dice; es que se esfuerza en cantar realidades que se avienen mal con los registros de su voz, y —al igual que sucedía con los poemas de *El Gallo Crisis* o el auto sacramental— la verdadera talla la da en el territorio acotado por sus convicciones íntimas. Y todavía más cuando escribe para su propio gobierno, y no necesita ahuecar la voz. Los mejores poemas de *Viento del pueblo* son los que sólo indirectamente resultan propagandísticos. Y es que, como casi siempre en su obra, cuenta más la lenta evolución de los grandes temas de fondo y sus metáforas centrales que su ceñimiento a los vaivenes ideológicos que le acometieron en su corta vida de poeta.

Viento del pueblo aparece mientras Miguel está de viaje por la URSS —entre el 28 de agosto y el 5 de octubre de 1937— junto a sus libros *El labrador de más aire* y **Teatro en la guerra**. Este último consiste en la recopilación de cuatro piezas cortas mayoritariamente en prosa, de dudosa utilidad como propaganda y muy escasa calidad en cuanto literatura. Definido por el propio Hernández como "teatro hiriente y breve", concebido como "un arma magnífica de guerra contra el enemigo de enfrente y contra el enemigo de casa", *Teatro en la guerra* abriga unos propósitos tan palmarios y primarios como demasiado a menudo le sucede a su teatro. Él mismo lo explica así en la "Nota Previa": "Si el mundo es teatro, si la revolución es carne de teatro, procuremos que el teatro, y por consiguiente, la revolución, sean ejemplares, y tal vez, y sin tal vez, conseguiremos entre todos que el mundo también lo sea".

Se trata, por tanto, de un teatro antiburgués, alzado contra "las ruinas del obsceno y mentiroso teatro de la burguesía, de todas las burguesías y comodidades del alma, que todavía andan moviendo polvo y ruina en nuestro pueblo". Cabría también decir que es un teatro ramplón y a ras de tierra, muy poco elaborado, pura catequesis que trata de inculcar públicamente conductas ejemplares, dejando en evidencia las condenables a partir de escenas y comportamientos cotidianos. Aquí, como en otras ocasiones, el escritor perece a manos del comisario político.

Y no mucho mejor es su drama en verso **Pastor de la muerte**, donde los motivos autobiográficos afloran para proponer como ejemplo de lealtad combatiente la figura de un pastor que arde en deseos de entrar en combate a pesar de su juventud y de los ruegos con que su madre y su novia tratan de retenerle en la aldea, para mantenerlo a salvo de la guerra. Lo más notable de él son las innovaciones técnicas aprendidas en la URSS y su propósito de poner en pie un teatro de dimensiones épicas y ejemplares, especialmente reservado a los poetas: "El poeta es el hombre más expuesto a todas las bajezas y las grandezas, ha de ponerlas en teatro, condenando unas por condenarlas en él y en los demás y exaltando otras para que abunden en los demás y en él con más frecuencia… Las pasiones en grande, de horizontes amplios. No puedo con los pequeños sucesos, las pasiones empequeñecidas, girando alrededor de pequeñas cosas. Hago teatro breve, pero nunca menudo, o no quiero hacerlo".

En diciembre de 1937 participa en la durísima batalla de Teruel y, mientras está todavía allí, nace el día 19 su primer hijo, Manuel Ramón, que morirá exactamente a los diez meses, el 19 de octubre de 1938. Con ello se pone en marcha un vasto ciclo elegíaco, el *Cancionero y romancero de ausencias*, que alterna ya con la composición del segundo libro de poemas bélico de Hernández, *El hombre acecha*, bien diferente en muchas de sus composiciones del tono exaltado que predominaba en *Viento del pueblo*.

A diferencia de este último, **El hombre acecha** es un libro que persigue una estructura, y aunque no falten versos de circunstancias como los compuestos durante su viaje por la URSS, hay ya otra forma de emitir la voz, que se hace muy evidente en los tres poemas que vertebran el libro, la "Canción primera", la "Carta" y la "Canción última". De hecho, no hay diferencias sustanciales entre el registro de estas composiciones y el que predomina en el *Cancionero*. Por otro lado, paralelamente a sus escritos públicos y propagandísticos —en los que se vierten las consignas oficiales—, Hernández va tomando apuntes destinados a designios más privados.

En ellos se barruntan ya las terribles secuelas de la guerra: "No se puede atizar el odio primigenio, amor del exterminio estéril. No se puede encandilar animalmente esa fuerza adversa del corazón humano. Nosotros no enarbolamos un odio como un tigre devastador; nosotros amamantamos un odio como un martillo creador, constructor, consciente de madura y necesaria tarea. Nuestro odio no es tigre que devasta, sino martillo que crea. Inutilicemos a los azuzadores del odio inservible, eliminemos a los que sólo saben soplar en la sangre de las muchedumbres para provocar tempestades cuya obra es la de la mina. Nuestro odio se proyecta más allá de las garras del tigre: y sólo lo utilizaremos en cuanto nos sirve como herramienta directa y defensiva de nuestro amor hacia todo cuanto significa vida creadora".

Debido al conflicto interno entre el rechazo de la guerra y la esforzada lucha por ganarla para conseguir la libertad y la victoria de los suyos, se observan dos tendencias bien delimitadas en

Miguel Hernández, durante su estancia en Moscú en 1937.

los escritos bélicos de Hernández, que vienen a cuajar de forma predominante en *Viento del pueblo* y *El hombre acecha*. El viaje a Rusia en la segunda mitad de 1937 servirá para acentuar todavía más las distancias entre los versos más característicos de ambos poemarios, por más que los dos compartan composiciones de circunstancias urdidas con anterioridad a la consolidación de los respectivos conjuntos. Aun así, resulta más heterogéneo el primero, recopilación en buena medida de materiales dispersos publicados o leídos aquí o allá, de los que sólo cabe hablar como libro si atendemos a la unidad de registro y a la corriente general de su intencionalidad expresiva. Aunque cabrían muchas matizaciones, podría decirse que es un libro más externo que introspectivo.

El caso de *El hombre acecha* es bastante distinto. Si en *Viento del pueblo* predomina la faceta optimista, entusiasta, combativa y llena de esperanza en la victoria del conflicto, *El hombre acecha* es el envés de esa visión con su desalentador balance: el odio, las cárceles, los heridos, han sustituido a la fraternidad, la libertad y la sangre fecunda, vislumbrándose la derrota. Es ya un recogimiento hacia un nuevo intimismo, replegando velas hacia el tono del *Cancionero y romancero de ausencias*. Ahora se tratará de encontrar el rebrotar de la vida en el vientre de la mujer, del que surgirán nuevos seres limpios, que lo renueven y lo purguen de ese odio. Pero este "intimismo" no tiene nada que ver con el personalismo de *El rayo que no cesa*, porque en ese vientre confluyen todos los hombres, la naturaleza entera y el cosmos en pleno, por lo que su función es fraternal.

El año 1939 marcará un inevitable hito en el quehacer hernandiano. El 4 de enero nace su segundo hijo, Manuel Miguel. El niño compensa en parte a la pareja de la anterior pérdida, y a él irán dedicadas otras composiciones más esperanzadas del *Cancionero*. En la primavera, *El hombre acecha* debía estar ya preparado para su encuadernación en la Tipografía Moderna de Valencia, pero la edición se perdió en su práctica totalidad con la derrota republicana el primero de abril. Sin embargo, alguno de los ejemplares preservados permitirían acceder a la versión íntegra, que hoy está ampliamente difundida, frente a las incompletas que fueron moneda corriente durante mucho tiempo. Será el último poemario que Hernández pueda cuidar, ya que el resto de su producción, empezando por el *Cancionero y romancero de ausencias*, se publicará póstumamente.

Un vuelo truncado (1939-1942)

Si el *Cancionero* empieza en libertad, buena parte de él continuará en la cárcel, en el rosario de prisiones en que se debatirá el poeta a partir de la derrota de los suyos. El 29 de abril intenta escapar de la represión pasando a Portugal, pero es detenido por la policía de aquel país, que lo entrega a la franquista. Tras un durísimo interrogatorio de diez horas, en que le propinan varias palizas que le hacen orinar sangre, ingresa en la prisión de Huelva, de donde será trasladado a la de Sevilla y, posteriormente, a la de Torrijos, en Madrid.

Inopinadamente, es puesto en libertad el 17 de septiembre, pero comete el error de dirigirse a su pueblo natal, y allí es detenido el día 29 y peor tratado que en cualquier otro lugar. A finales de noviembre es trasladado a la prisión madrileña del Conde Toreno, donde coincide con el dramaturgo Antonio Buero Vallejo. Condenado a muerte el 18 de enero de 1940, una serie de intelectuales falangistas (entre los que se cuenta José María de Cossío) logran que la última pena le sea conmutada por la de treinta años de cárcel, que le valen un largo periplo penitenciario por Palencia (donde contrae en octubre una neumonía que le debilita enormemente) y Ocaña. Desde esta prisión toledana, en la que ingresa a finales de 1940, es trasladado en junio de 1941 a la última cárcel, el reformatorio de adultos de Alicante.

Entre rejas dispone de abundante tiempo para continuar con el *Cancionero y romancero de ausencias*, escribiendo en ocasiones en trozos de papel higiénico. Este conjunto supone el postrero esfuerzo hernandiano de integración de sus versos en un corpus orgánico. Se trata de poemas que empezó a redactar en 1938, cuando ya la vorágine del conflicto fratricida engullía, entre otros muchos proyectos, este suyo. Su guía más segura lo constituye una pequeña libreta que se cierra con las "Nanas de la cebolla" y está protagonizada en buena medida por el hijo muerto, motivo al que se añadirá en el poemario el de la esposa también ausente, el nacimiento del segundo hijo y la derrota. Resulta curioso que su autor, como si previera los problemas textuales que iba a provocar el *Cancionero*, escribiese en esa libreta:

> Si este libro se perdiera
> como puede suceder,
> se ruega a quien se lo encuentre
> me lo sepa devolver.
> Si quiere saber mi nombre
> aquí abajo lo pondré.
> Con perdón suyo me llamo
> M. Hernández Gilabert.
> El domicilio en la cárcel,
> visitas de seis a seis.

A este conjunto del cuadernillo cabría añadir otras composiciones que lo enmarcan, pertenecieran o no a él, ya que no era sino el recordatorio o agenda de que se valía Hernández para ir ordenando los poemas, que en ocasiones —cuando no tenía lápiz y papel a mano, sobre todo en su etapa carcelaria— componía mentalmente durante la noche, valiéndose de su extraordinaria retentiva. En aquel caso están los que entrega a Cossío cuan-

Casa de Miguel Hernández en la calle de Arriba (hoy, de Miguel Hernández), convertida en la actualidad en museo del poeta.

do éste le visita a finales de mayo en la prisión de Torrijos, y cuyo cuidado encomienda a su esposa a través de su hermana Elvira, como sabemos por carta a Josefina de 3 de agosto de 1939: "Dime si Elvira recogió a Cossío los originales de trabajos míos que le di aquí. Me interesa saber si los tenéis ahí o si siguen en Madrid. No quiero perderlos porque son el trabajo de casi dos años y el pan de mañana vuestro, además del mejor recuerdo del hijo primero, ya que la mayor parte de las cosas tienen a él como motivo. Dímelo cuando me escribas, no se te olvide".

Además, los unifica el tono. La gesticulación literaria se ha reducido al mínimo, buscando una dicción directa y transparente. Un análisis más detenido revela, sin embargo, a un poeta en pleno dominio de la forma, con paralelismos y correlaciones que cinchan sutil y musicalmente las composiones en la línea de la poesía popular. Se logra así una aparente espontaneidad y sencillez, que no es sino la culminación de una trayectoria densa, casi fulgurante, que en poco más de seis años, en las más dramáticas circunstancias, le ha transportado desde el epigonismo hasta una voz irrepetible. Se trata de una original y personalísima forma de habérselas con la escritura poética, que suena a acervo popular, casi a cante *jondo*, genuino y transparente a golpe de depuración.

El recuerdo de su primer hijo muerto, Manuel Ramón, nunca abandonó al poeta, como se lo recuerda a Josefina en una carta de 25 de julio de 1939, escrita en la cárcel de Torrijos: "A mí tampoco se me va del pensamiento aquel Manolillo que se nos fue y siempre tengo conmigo aquellos ojos, aquella manera de mirar, aquel cuerpo, en fin, que tan poco nos duró, pero que siempre estará con nosotros a donde vayamos. Siempre tengo el presentimiento de que se nos ha muerto un hombre hecho y derecho y no un niño, porque un hombre parecía sufriendo, riendo, mirando".

Frente al segundo hijo, que se parecerá a Josefina en todo, el primero es su vivo retrato, una especie de segundo Miguel en el que redimirse, como escribe a Josefina en 29 de agosto de 1939 al recibir una foto de aquél: "Miro tu fotografía de a caballo y la suya y os encuentro tan iguales que, sin quererlo, a veces se me van respiros de satisfacción. Y miro la del otro hijo que se nos fue y entonces me veo a mí, con los mismos ojos de fiera pequeña que yo tuve a su edad". En otra carta de 12 de septiembre del mismo año, lo evoca al filo de su aniversario: "Dentro de un mes hará un año que se nos murió. Eso de que el tiempo pasa de prisa, para nadie es tan verdad hoy como para nosotros, y a mí me cuesta trabajo creer que ha pasado un año desde que cerró nuestro primer hijo los ojos más hermosos de la tierra".

Los últimos empeños prosísticos de Hernández, ya en la cárcel, fueron narrativos, casi cuentos infantiles, en un repliegue intimista parecido al que se da en el verso, y con temáticas similares, ya que en ocasiones parecen destinados a su hijo Manolillo. El más interesante es el que podemos titular "**El gorrión y el prisionero**", que nos ha llegado incompleto, seguramente porque Hernández nunca llegó a terminarlo. Se trata de una de las últimas páginas de cierto aliento de Miguel, protagonizadas por Pío-Pa, un gorrión "experimentado sorteador de las ballestas, pedradas, trampas y artimañas humanas conjuradas contra su leve ser".

A pesar de estar muy trotado, Pío-Pa es bueno y amigo de la

libertad, pero será una cárcel —se nos cuenta— la causa de su gloriosa muerte, cuando un buen día sorprenda en una de ellas a un prisionero que le cuenta sus cuitas, solicitando su ayuda para salvar la vida: si no lleva un mensaje a una mujer que vive a la orilla del mar, al cabo de un día y una noche será ejecutado. Pío-Pa se posa sobre el hombro del preso, como expresándole su disponibilidad, y este escribe en un papel un mensaje que anuda al cuello del gorrión, indicándole dónde habita la mujer que puede salvarle. Pío-Pa emprende su vuelo veloz a través de los campos cubiertos de escarcha, pero al descansar en una rama un hombre le dispara con una escopeta. Sin embargo, logra sobrevivir y continuar su vuelo, momento en el que queda interrumpido este cuento que Miguel nunca podría concluir. No sabemos la suerte que correría el prisionero de su historia, si lograría salvarse o no. Sí que sabemos la de Hernández.

En diciembre de 1941 las privaciones carcelarias originan un derrumbamiento que se acentúa progresiva y agudamente mientras está recluido en Alicante. La única posibilidad de curación pasa por su traslado al sanatorio antituberculoso de Porta Coeli, en Valencia. Pero el permiso llegará tarde debido a las presiones y el chantaje que sobre él ejercen algunos eclesiásticos para que se desdijera de su obra más revolucionaria y volviese al redil de su etapa católica, al estilo del auto sacramental. Miguel Hernández nunca cedió a estas presiones, y sólo accedió a desposarse por la Iglesia cuando tuvo la convicción de que iba a morir y quiso dejar asentada a su mujer en la nueva legalidad, ya que estaban casados civilmente y, a los ojos del régimen vencedor, eran solteros.

El 4 de marzo de 1942 tiene lugar la boda en la enfermería de la cárcel en rito similar al de *in articulo mortis*, dada la gravedad del enfermo. El 21 de marzo llega la comunicación oficial del Ministerio de Justicia autorizando su traslado al sanatorio de Porta Coeli. Llega tarde, naturalmente: ya no se le podía mover. El 27 de marzo va a visitarlo Josefina por última vez: "Esta vez no me llevé al niño, y me preguntó por él. Con lágrimas que le caían por las mejillas me dijo varias veces: 'Te lo tenías que haber traído. Te lo tenías que haber traído'. Tenía la ronquera de la muerte. Volví a visitarle al día siguiente, y al poner la bolsa de comida en la taquilla me la rechazaron mirándome a los ojos. Yo me fui sin preguntar nada. No tenía valor de que me aseguraran su muerte... Era el 28 de marzo, sábado. Víspera de Domingo de Ramos".

Sanidad no autorizó velatorio alguno ni la confección de una mascarilla, aunque la banda de la cárcel entonó, excepcionalmente, la marcha fúnebre de Chopin. A las seis de la tarde fue conducido en un coche de caballos al cementerio municipal. En una tartana le seguían su viuda, su hermana Elvira, una vecina y dos amigos. Tampoco en el cementerio fue posible velarlo: no estaba permitido, pues no era raro que por la noche llevaran presos a fusilar.

SELECCIÓN BIBLIOGRÁFICA

El texto de los poemas de Miguel Hernández se ha establecido a partir de la edición crítica de sus *Obras Completas*, en la editorial Espasa-Calpe, al cuidado de Agustín Sánchez Vidal y José Carlos Rovira, con la colaboración de Carmen Alemany Bay. En ella, por primera vez, se han manejado todos los manuscritos conocidos para establecer un texto depurado, sus variantes e incluso el proceso de elaboración en borradores y tachaduras. Por tanto, cualquier novedad que pueda detectarse en relación con las lecturas tradicionales que vienen haciéndose de la obra de Hernández, tiene su razón de ser, salvo error u omisión.

En cuanto a mis propios juicios y datos, están sustentados y documentados en el aparato crítico del proceso de investigación que desde hace veinte años vengo manteniendo sobre la obra de Miguel Hernández, a cuyo estudio dediqué mi tesis de licenciatura y de doctorado, ambas inéditas, y leídas en la Universidad de Zaragoza en 1972 y 1974. Con posterioridad, además de publicar algunos artículos sobre Hernández en libros antológicos o revistas especializadas y los ensayos *Miguel Hernández, en la encrucijada* (Cuadernos para el Diálogo, Madrid, 1976) y *Miguel Hernández, desamordazado y regresado* (Planeta, Barcelona, 1992), he cuidado, anotado y prologado las ediciones críticas de *Perito en lunas* y *El rayo que no cesa* (Alhambra, Madrid, 1976), de las

Poesías Completas de Miguel Hernández (Aguilar, Madrid, 1979), su *Epistolario* (Alianza, Madrid, 1986) y de *El torero más valiente, La tragedia de Calisto y otras prosas* (Alianza, Madrid, 1986).

A ellos remito a quien esté interesado en pormenores que aquí se ahorran en aras de la fluidez de la exposición, añadiendo a continuación un breve repertorio bibliográfico que puede completarse acudiendo al que se proporciona en la citada edición de las *Obras Completas* de Espasa-Calpe o, en su defecto, al que ofrece Vicente Ramos en su libro *Miguel Hernández* (Gredos, Madrid, 1973) o yo mismo en las *Poesías Completas* de Aguilar.

ALEIXANDRE, Vicente, "Evocación de Miguel Hernández", en *Los encuentros*, Guadarrama, Madrid, 1958.

BALCELLS, José María, *Miguel Hernández*, Teide, Barcelona, 1990.

BUERO-VALLEJO, Antonio, "Un poema y un recuerdo", *Insula*, nº 168 (nov. 1960).

CANO BALLESTA, Juan, *La poesía de Miguel Hernández*, Gredos, Madrid, 1971, 2ª ed.

CANO BALLESTA, Juan, Introducción y notas a *Viento del pueblo*, Cátedra, Madrid, 1989.

COUFFON, Claude, *Orihuela et Miguel Hernández*, Centre de Recherches de l'Institut d'Etudes Hispaniques, 1963.

CHEVALIER, Marie, *La escritura poética de Miguel Hernández*, Siglo XXI, Madrid, 1977 y 1978.

DIEGO, Gerardo, "Perito en lunas", *Cuadernos de Agora*, 49-50 (nov.-dic. 1960).

DÍEZ DE REVENGA, Francisco J. y DE PACO, Mariano, *El teatro de Miguel Hernández*, Universidad de Murcia, 1981.

GUERRERO ZAMORA, J., *Miguel Hernández, poeta*, El Grifón, Madrid, 1955.

GUERRERO ZAMORA, J., *Proceso a Miguel Hernández*, Dossat, Madrid, 1990.

HOYO, Arturo del, "Prólogo" a *Obra escogida*, Aguilar, Madrid, 1952.

IFACH, María de Gracia, *Miguel Hernández, rayo que no cesa*, Plaza y Janés, Barcelona, 1975.

LUIS, Leopoldo de y URRUTIA, Jorge, "Introducción" a Miguel Hernández, *Obra poética Completa,* Alianza, Madrid, 1982, e "Introducción" a *El hombre acecha* y *Cancionero y romancero de ausencias,* Cátedra, Madrid, 1984.

MANRESA, Josefina, *Recuerdos de la viuda de Miguel Hernández,* Ediciones de la Torre, Madrid, 1980.

NERUDA, Pablo, *Confieso que he vivido. Memorias,* Seix Barral, Barcelona, 1974.

PÉREZ ÁLVAREZ, Ramón, *Canfali,* Vega Baja. [Serie de artículos biográficos sobre Miguel Hernández, publicados a lo largo de 1984 y 1985].

PUCCINI, Dario, *Miguel Hernández: vida y poesía y otros estudios hernandianos,* Instituto Juan Gil-Albert, Alicante, 1987.

RAMOS, Vicente, *Miguel Hernández,* Gredos, Madrid, 1973.

RIQUELME, Jesucristo, *El teatro de Miguel Hernández,* Instituto Juan Gil-Albert, Alicante, 1990.

ROVIRA, José Carlos, "Introducción" a la edición facsímil del *Cancionero y romancero de ausencias,* Instituto Juan Gil-Albert, Alicante, 1985.

ROVIRA, José Carlos, *Léxico y creación poética en Miguel Hernández,* Universidad de Alicante, 1983.

ROVIRA, José Carlos, (con la colaboración de ALEMANY BAY, Carmen), "Introducción" a Miguel Hernández, *Antología poética. El labrador de más aire,* Taurus, Madrid, 1990.

SIJÉ, Ramón, *La decadencia de la flauta y el reinado de los fantasmas. Ensayo sobre el Romanticismo histórico en España (1830-Bécquer),* Instituto de Estudios Alicantinos, Alicante, 1973.

VVAA, *Miguel Hernández,* ed. de María de Gracia Ifach, Taurus (*El escritor y la crítica*), Madrid, 1975.

VVAA, *En torno a Miguel Hernández,* ed. de Juan Cano Ballesta, Castalia, Madrid, 1978.

ZARDOYA, Concha, *Miguel Hernández,* Hispanic Institute, New York, 1955.

ANTOLOGÍA
POÉTICA

Poemas de Adolescencia
(1925-1932)

Miguel Hernández empezó a escribir de forma sistemática hacia 1925, llenando con una letra clara y limpia un cuaderno en el que suele desarrollar temas que o bien son de inspiración libresca, o remiten a sus ocupaciones cotidianas de cabrero, o son "pastoriles" en el sentido más convencional y literario de la expresión. Poco a poco el tono se va haciendo menos localista, más culto y actual, hasta desembocar en su primer libro, *Perito en lunas*.

APRENDIZ DE CHIVO

Nace; exhala,
debilísimo, un vagido;
cae en el suelo en sangre hundido;
tiembla; bala.
5 Flojamente, leve-
mente las orejas
alza y mueve;
lanza quejas.
Los preciosos ojos gira
10 al redor[1] con gracia y pasmo;
de hito en hito,
todo mira;
y regita[2] un grato grito
que parece de entusiasmo.
15 Se levanta vacilante
de la grama; cae vencido;
prueba luego más pujante;
se alza; duda; da unos pasos; sigue; corre decidido.
De manera chusca,

---

1 *al redor*: alrededor.
2 *regita*: forma verbal inexistente. Pudiera tratarse de un neologismo intencio-
nado, pero a la vista del manuscrito, también es posible que inicialmente el
poeta escribiera *repite* y con posterioridad lo corrigiera a favor de *recita*, cam-
biando la *e* en *a* y superponiendo los rasgos de *p* y *c* hasta resultar la *g* que,
finalmente, quedaría.

20 con el tierno hocico,
   a la madre la ubre busca;
   da con ella; bebe néctar casto y rico:
   con nervioso gesto, mueve,
   mueve el rabo;
25 bebe, bebe,
   y harto, suelta la ubre al cabo.
   Ya se sienta poderoso;
   ya no gime ni solloza;
   ya se alza jubiloso,
30 victorioso; ya rebulle; ya retoza.
   Y en el gozo que le enciende,
   prosiguiendo sus bravatas,
   ya pretende,
   a la cabra que lo ha dado[3], penetrar puesto en las dos patas.

[2]

LAGARTO, MOSCA, GRILLO...

LAGARTO, mosca, grillo, reptil, sapo, asquerosos
seres, para mi alma sois hermosos.
Porque Iris[1], señala
con su regio pincel,
5 vuestra sonora ala
y vuestra agreste piel.
Porque, por vuestra boca venenosa y satánica,
fluyen notas habidas en la siringa pánica[2].
Y porque todo es armonía y belleza
10 en la naturaleza.

---

3 *dar*: alumbrar, parir.

1 En la mitología griega, era la mensajera de los dioses, cuyo chal de siete colores se identificaba con el arco iris.

2 Flauta de Pan (dios griego, mitad hombre, mitad macho cabrío, en quien se manifestaban en todo su brío las fuerzas expansivas y sexuales de la naturaleza), que suele considerarse instrumento típicamente pastoril.

[3]

LAS VESTES DE EOS

Eos
tiene
cuatro
vestes[4]:
5   una
blanca,
que se
ata
cuando
10   ríe
Floreal;
una
rosa,
que se
15   toca
cuando el
rudo
dios
Vestumnio
20   tumba
el oro
del trigal;
una
rubia,
25   que se
anuda
cuando
Baco
pasa
30   dando
traspiés

---

4 *veste*: palabra culta, muy del gusto modernista, que significa vestido.

de ebrio
por los
cálidos
35   viñedos
de uvas
de oro
y de rubí;
y otra
40   roja,
que se
emboza
cuando
Adonis
45   en el
bosque
sangra
y muere
bajo el
50   diente
del dios
Marte
convertido en jabalí.

* * *

Cuatro
55   vestes
Eos
tiene:
¡yo las vi![3]

---

3 El poema va describiendo las cuatro vestes que se ciñe Eos, la diosa griega de la aurora. La primera, de color blanco, corresponde a Floreal, el mes del calendario republicano francés que comprende desde el 20 de abril al 20 de mayo. La segunda, rosa, la emplea en la estación veraniega en que se produce la maduración de las mieses. Para expresar dicho tránsito se recurre al dios romano Vertumno —Hernández escribe *Vestumnio*—, de gran capacidad de transformación, en virtud de la cual se le encomendaba el patrocinio del paso de la flor al fruto. La tercera veste es dorada, y armoniza con el otoño, cuando Baco, el dios del vino, se emborracha entre las cepas cargadas de racimos. Y

[4]

(EL CHIVO Y EL SUEÑO)

MEDIODÍA. Lo dice lento
un lejano reloj cansado.
El sol baja del firmamento,
con furor irritante, al prado.

5   Por mi frente, que se achicharra,
cae un agua salobre en perlas.
Oigo el canto de una cigarra
y de cientos mirlos —merlas[5]—.

Ya no pace el voraz cabrío
10   en el valle feraz[6]; lo llevo
a la boca de un frío río
y en su linfa[7] oriazul lo abrevo.

Luego, lo entro a la sombra azulea
de un amable lugar arbóreo
15   que preside la forma hercúlea
de un añoso pino estentóreo[8].

Reina un loco ruido de insectos,
que, cual rápidas chispitas rojas,
van pasando los imperfectos
20   ruedos de oro que hace en las hojas

el sol. Tañe paliadamente
Pan entre ellas su cornamusa[9]:

---

5 *merlas*: equivale a mirlos.
6 *feraz*: fértil.
7 *linfa*: se trata aquí de una forma culta para referirse al agua, de color entre oro y azul (*oriazul*).
8 *estentóreo*: muy fuerte o retumbante, aunque se suele aplicar a la voz.
9 *cornamusa*: instrumento musical rústico; se refiere a la flauta de Pan.

la cuarta, de color rojo, podría corresponder al invierno, ya que el dios Adonis moría con el estío a manos del jabalí al que trataba de dar caza. Marte es el dios de la guerra en la mitología romana.

suena en medio, del río algente[10],
la palabra vaga y confusa.

25   Remulgando[11] se tiende el hato
a la sombra, menos un chivo
de barbaza de garabato
y mirar crapuloso[12] y vivo

que suspira amoroso. Siénto-
30   me a la sombra del pino de oro,
y tomando el zurrón, hambriento
una larga ración devoro

de cocido pan de maíz gris,
empapado en la leche blanca
35   que mi experta mano en un tris
al pezón de una cabra arranca.

Pasa en esto una campesina,
—armoniosa vuela su salla[13]—
que se pone la mano fina,
40   para verme, como pantalla

de los ojos: bella es. Me pongo
encendido. Mi pecho ondula.
... Y un elogio brutal rezongo
a sus grandes ojos de mula...

45   Toda seria, se va alejando
por caminos de luz. No acaba
el feliz revoleo blando
de su falda de tela brava.

Arrogante, en el cromatismo
50   de un granado grueso se borra,

---

10 *algente*: frío.
11 *remulgando*: vale por 'remugando'; es decir, rumiar.
12 *crapuloso*: dado al desenfreno, lujurioso.
13 *salla*: es forma que, obligada por la rima, equivale a *saya*, falda.

y en un hálito me ensimismo
de erotismo que me amodorra.

Olvidándome el rebaño,
me echo, entonces, al cespedaño[14]
55   suelo fresco, que ansioso araño.
… Se apodera de mí el ensueño…

Pasan horas…

          Levanto, presto,
la mirada al hatajo[15]. Está
viendo el chivo, con grave gesto,
60   a una chiva graciosa. ¡Ha…![4]

[5]

IMPOSIBLE

QUIERO morirme riendo,
no quiero morirme serio;
y que me den tierra pronto…
pero no de cementerio.

5   No quiero morir —dormir—[5],
no quiero dormir muriendo
en un estéril jardín…
¡Yo quiero morir viviendo!

---

14 *cespedaño*: de césped.
15 *hatajo*: pequeño grupo de ganado.

4 Como no es raro en el Miguel adolescente, el deseo propio se enmarca en la
naturaleza y se traslada a su rebaño o se complementa con él, a través en este
caso de un chivo con el que puede identificarse el del sujeto lírico.
5 Alusión a dos famosos versos del conocido monólogo de *Hamlet* (acto III, escena I, vv. 64-65): "To die… to sleep… / To sleep! Perchance to dream" ["Morir… dormir… / ¡Morir! Soñar acaso"]. Unamuno reprodujo esos versos en su
poema "Muerte" (1901).

Quiero dormir... ¿Dónde?... Sea
donde lo quiera el Destino:
en un surco de barbecho,
a la vera de un camino...

En una selva ignorada,
o a la orilla de un riachuelo
de esos tan claros, que están
venga a robar cielo al cielo.

Que cuando mi carne sea
nada en polvo, broten flores
de ella, donde caiga escarcha
y escarcha de ruiseñores.

Que resbale por mi cuerpo
la corriente cristalina
y ladronzuela, sacándole
alguna nota argentina[16].

Que escuche mi oído armónico,
en cuanto el día se vuelva
ascua, la armonía virgen
del virgen Pan de la selva.

Que nazcan espigas fáciles
con luminosas aristas
de mi pecho, que ama el arte,
para recreo de artistas...

No quiero morir —dormir—,
no quiero dormir muriendo
en sagrada tierra estéril...
¡Yo quiero morir viviendo![6]

---

16 *argentina*: clara, que suena como la plata.

6 Resulta muy ilustrativa la comparación de este poema con "Vecino de la muerte" (poema 43), del que le separan unos diez años. A pesar de ese intervalo temporal, la idea central es la misma: Hernández no desea ser enterrado en un aséptico y estéril cementerio: quiere que su cadáver nutra la tierra y

[6]

PASTORIL

JUNTO al río transparente
que el astro rubio colora
y riza el aura naciente
llora Leda la pastora.

5   De amarga hiel es su llanto.
¿Qué llora la pastorcilla?
¿Qué pena, qué gran quebranto
puso blanca su mejilla?

¡Su pastor la ha abandonado!
10   A la ciudad se marchó
y solita la dejó
a la vera del ganado.

¡Ya no comparte su choza
ni amamanta su cordero!
15   ¡Ya no le dice: "Te quiero",
y llora y llora la moza!

* * *

Decía que me quería
tu boca de fuego llena.
¡Mentira! —dice con pena—
20   ¡ay! ¿por qué me lo decía?

Yo que ciega te creí,
yo que abandoné mi tierra
para seguirte a tu sierra,
¡me veo dejada de ti!...

---

desde ella reviva en los ciclos de la naturaleza. La diferencia está, claro, en el
lenguaje, aquí muy limitado, y lleno de imágenes panteístas en "Vecino de la
muerte", en lugar de la alusión mitológica al dios Pan con que se alude a las
desbaratadas fuerzas de la naturaleza en los versos de "Imposible".

25 Junto al río transparente
    que la noche va sombreando
    y riza el aura de Oriente,
    sigue la infeliz llorando.

                * * *

    Ya la tierna y blanca flor
30 no camina hacia la choza
    cuando el sol la sierra roza
    al lado de su pastor.

    Ahora va sola al barranco
    y al llano y regresa sola,
35 marcha y vuelve triste y bola
    tras de su rebaño blanco.

    ¿Por qué, pastor descastado,
    abandonas tu pastora
    que sin ti llora y más llora
40 a la vera del ganado?

                * * *

    La noche viene corriendo
    el azul cielo enlutando:
    el río sigue pasando
    y la pastora gimiendo.

45 Mas cobra su antiguo brío,
    y hermosamente serena,
    sepulta su negra pena
    entre las aguas del río.

    Reina un silencio sagrado...
50 ¡Ya no llora la pastora!
    ¡Después parece que llora
    llamándola, su ganado![7]

                    En la huerta, 30 de diciembre de 1929.

---

7 Este poema fue el primero publicado por Miguel Hernández, el 13 de enero
de 1930, en el semanario *El Pueblo de Orihuela*. Aunque hay una Leda mitoló-

[7]

¡EN MI BARRAQUICA!

¡Siñor amo, por la virgencica,
ascucha al que ruega!…
A este huertanico
de cana caeza,
5   a este probe viejo
que a sus pies se muestra
¡y enjamás s'humilló ante denguno
que de güesos juera!
¡Que namá se ha postrao elande Dios
10   de la forma esta!
M'oiga siñor amo.
M'oiga osté y comprenda
que no es una hestoria que yo he fabricao
sino verdaera.
15   ¿Por qué siñor amo
me echa de la tierra,
de la barraquica ande la luz vide
por la vez primera?
¿Porque no le cumplo? ¿Porque no le pago?
20   ¡Por la virgencica, tenga osté pacencia!
Han venío las güeltas[17] malas, mu remalas.
¡Créalo! No han habío cuasi ná e cosechas:
Me s'heló la naranja del huerto;
no valió la almendra
25   y las crillas del verdeo[18], el río
cuando se esbordó, de ellas me dió cuenta
que las pudrió tuicas: ¡no he recogío
pa pagar la jüerza!
¡Créalo siñor amo! ¡Y si no osté vaya

---

17 *güeltas*: 'vueltas', circunstancias imprevistas.
18 *verdeo*: recolección de las aceitunas antes de madurar para aderezarlas.

gica, famosa por haber sido poseída por Zeus en forma de cisne, la del verso
cuarto es un mero y convencional nombre propio.

30   a mi barraquica y verá probeza!
       Ella está en derrumbe,
       de agujeros llena,
       por ande entra el sol, por ande entra el frío
       y las lluvias entran.
35   ¡Créalo siñor amo! Y también mi esposa
       paece lo suyo y no por enferma,
       que es de ver que sus pequeñujicos
       de pan escasean,
       y lo mesmo en verano que invierno
40   desnúas sus carnes las llevan.
       ¡Créalo siñor amo! y ¡aspérese al tiempo
       que cumplirle puea!
       Yo le pagaré tuico lo que debo.
       ¡Tenga osté pacencia!
45   ¡Ay! no m'eche, no m'eche por Dios
       de la quería tierra,
       que yo quió morirme
       ande yo naciera.
       ¡En mi barraquica llena de gujeros,
50   de miseria llena![8]

En la huerta, 15 de enero de 1930.

[8]

AL TRABAJO

A MI LIRA, tan sonora como el agua de la fuente;
como el trueno pavoroso, como el zumbo del torrente,
como música de auras en el bosque singular,
unas notas más suaves, más sublimes, más grandiosas,
5   de más plástica armonía; insoñadas, cadenciosas,
subyugantes y magníficas, yo, quisiérale arrancar.

---

8 En esta composición, como en otras similares de la época, Miguel Hernández
emplea el *panocho*, dialecto de la huerta murciana.

Pero no para fundirlas en horrísonas[19] canciones
y entonarlas al guerrero que inverídicas[20] acciones
de heroísmos y de glorias en mil guerras consumó,
10   por su bella castellana que encerrada en una almena
de un hermético castillo, con zozobras y con pena
los felices o fatales desenlaces aguardó.

Ni tampoco proclamando los encantos peregrinos
de una Venus de ojos claros y de labios coralinos
15   que ofreciendo va el milagro de una loca juventud;
ni diciendo de las noches…, noches plácidas de amores,
de misterios y de rondas, de nostalgias y rumores;
ni afeando todo vicio, ni ensalzando la virtud.

Ni cantando la poesía que destila el arroyuelo,
20   y los campos solitarios, y el sereno azul del cielo
y el sinfónico gorjeo del nocturno ruiseñor;
y los prados, y el bullicio de las aguas ribereñas,
y el sonido de la gaita del pastor entre las peñas
y el momento del crepúsculo en el último estertor.

25   Las ignotas vibraciones que quisiera de mi lira
despertar, son para un canto que no vive, no respira
en lo bello de las cosas, sino en aire más ideal.
Para un canto sin adornos, luces, sombras ni agasajo…
¡Para un canto dedicado con unción santa al trabajo,
30   que es grandeza de grandezas, Dios humano, ley vital!

¡Al trabajo! Cruz forzosa que conllevan los nacidos
no en los blandos muelles cunas de palacios reducidos,
sino en míseros camastros o en rincón negro y sin luz.
¡Cruz pesada a los inútiles, vagabundos y holgazanes;
35   llevadera a quienes nunca se sintieron con afanes
y a los que su carga aguardan sacudir, bendita cruz…!

Suena lira del poeta con tan raras pulsaciones,
con tan rítmicas cadencias que las almas emociones

---

19 *horrísono*: que causa horror con su sonido.
20 *inverídico*: inverosímil (neologismo).

al vibrar, mientras él lanza su melódica canción.
40 ¡Al trabajo! Fuente pura donde calman sed en dobles
los ansiosos de progreso, los escépticos, los nobles,
los que llevan fe y amores en inmenso corazón.

Escuchad, vosotros, hijos de ese padre poderoso,
de ese padre tan amante, que no pesa y es coloso,
45 que es tan duro y no oprime sino en pecho bajo y ruin:
que es rey, y no hace vano alarde de sus gestos soberanos...
Escuchadme buenos hijos, escuchadme mis hermanos;
los de espíritu templado al titánico trajín.

Los que en débiles mástiles suspendidos, en altura
50 tan gigante y espantosa que da vértigo y pavura[21],
impasibles al peligro, magnas obras emprendéis:
los que máquinas ciclópeas[22] de engranajes poderosos,
en tareas agobiantes, jadeantes, sudorosos
conmoverse estrepitosas, retemblar, rugir hacéis.

55 Los que sucios y grasientos en caldeados y anchos hornos
—rojas ascuas crepitantes— con esfuerzos y bochornos
forjáis mágicos objetos con el hierro y el metal.
Los que inventos asombrosos ofrecéis al mundo entero,
los que nobles, sin acento simulado, falso y hueco
60 señaláis al pueblo inculto los caminos de un ideal.

Los que fuertes como bronces horadáis las bravas sierras,
los que alegres y animosos cultiváis las ricas tierras
con sudor, que luego pródiga esperáis que ella os lo dé;
los que no dais paz al brazo con arados ni azadones,
65 los del yunque y de la fragua, los pujantes, los leones...
Escuchad las toscas coplas que en vosotros me inspiré.

Escuchad mi áspera lira, donde pobre brota el verso...
¡Glorias, glorias al trabajo procreador del universo,
progresiva acción de vidas, río de próspero caudal!

---

21 *pavura*: pavor, miedo (cultismo).
22 *ciclópeo*: gigantesco. Adjetivo muy del gusto modernista derivado de *cíclope*,
gigante mitológico.

70   ¡Glorias, glorias al trabajo, mar inmenso donde flota
      el cadáver de los vicios como barca frágil rota,
      donde surgen ideas puras, donde nace lo inmortal!

      Entonad conmigo el himno quienes buscan su progreso,
      quienes todo en él lo cifran, quienes sienten el acceso
75   de sus obras culminantes, quienes vais del pan en pos.
      Proclamad su recio influjo bienhechor... Él engrandece,
      él sublima y regenera, dignifica y enaltece...
      ¡El trabajo es una escala para ver más cerca a Dios!⁹

                              Orihuela, 17 de marzo de 1930.

                    [9]

                          Carta completamente abierta

              A TODOS LOS ORIOLANOS

          Alma de mis oriolanos
          ¡digo!... oriolanos de mi alma.
          A vosotros me dirijo
          desde esta carta "arrimada"²³,
5   que escribo, teniendo por
          mesa el lomo de una cabra,
          en la milagrosa huerta
          mientras cuido la manada,
          tras saludaros lo mismo
10   que hacen todos en las cartas.
          Y me dirijo a vosotros
          para... para... para... para...

---

23 *arrimada*: debe entenderse 'carta en verso', con rima.

9 Este poema fue compuesto para ser recitado el 1 de mayo de 1930 en el Círculo (Obrero) Católico de Orihuela. Es, por tanto, una exaltación del trabajo como forma de aproximación a los designios divinos, recurriendo a formas métricas típicamente modernistas.

(¡Ay! Perdonadme un momento.
Voy a echarle una pedrada
a la "Luná", que se ha ido
artera[24] a un bancal de habas,
y el huertano dueño de ellas
me está gritando desgracias.
Bien. Ya la espanté.) Prosigo:
¿Os decía?... ¡Ah, sí, sí,...! ¡Calla!
Que me dirijo a vosotros...
(¡Rediós! ¡Otra vez la cabra
y el huertano que me grita!
Maldita sea la estampa
del animal que no quiere
que diga lo que empezaba.
¡"Luná"!... Ya escapó.) Sigamos.
Y me dirijo así, para
deciros que pienso hacer
con poesías de las dadas
a la luz y de las que están
sin ver la luz para nada
—que son bastantes— un libro.
¡Un libro, un libro! ¿Os extraña?
Pues que no os extrañe. ¡Un libro!
Un bello libro que vaya
ilustrado por Penagos,
por Bartolazzi o Pedraza
y prologado por... ¡vamos!...
por el primero que salga.
¿Qué me decís?... ¿Que es locura?
¿Que veis muy mal que lo haga?
¿Que no puede ser? ¿Que es mucha
mi presunción y mi audacia?
¿Que me lo he creído...? ¡Cierto!
¡Me lo he creído! ¡Palabra!
Me he creído ser poeta

---

24 *artera*: astuta.

de estro[25] tal que en nubes raya
y digno de contender
50 con Homero, con Petrarca,
con Virgilio, con Boscán,
con Dante y toda la escuadra
de clásicos que palpita
por ab-aeterno[26] en las páginas...
55 —y a los que yo no conozco
más que de oídas... y gracias—.
Me he creído que en mi mente
bullen imágenes claras
cual nuestro azul. —¡Vaya símil!—
60 Me he creído que de mi alma
la nube lechosa y pura
—¡vaya fulgor de metáfora!—
puede dar continua lluvia
de versos de urdimbre mágica.
65 Me he creído... (Perdonadme,
que otra vez está en las habas
la "Luná" de mis pecados
y ahora no grita, no: rabia
el huertano. ¡"Luná"! ¡Toma!
70 ¡Para que otra vez no vayas!)
Os repito: me he creído
que ¡vamos!, que tengo pasta
de poeta. Que yo puedo
subir muy alto... sin alas.
75 Vosotros sabéis de sobra
lo que valgo. —¡Dios me valga!—
Vosotros habéis leído
los versos que en las preclaras
—adjetivo muy usado,
80 pero pasa ¿verdad?, pasa
lo mismo que otros más viejos—

---

25 *estro*: inspiración.
26 *por ab-aeterno*: por siempre.

revistas de nuestra patria
chica, vengo publicando
con muchas y gruesas faltas
85   de prosodia y de sintaxis,
de ritmo y de consonancia,
en los que hay imitaciones
harto serviles y bajas,
reminiscencias y plagios
90   y hasta estrofitas copiadas.
Vosotros tras de leerlos
me habéis dicho: "Pastor, ¡vaya!
eres ya todo un poeta."
Y así, con toda mi alma
95   me lo he creído y con toda
ella, quiero imprimir para
la florida primavera,
cuando todo ríe y habla,
cuando todo sueña y trina,
100   cuando todo brilla y canta,
un libro que me dé ánimos
para seguir mi sonata
pastoril y me dé el gozo
de unos pétalos de fama.
105   Oriolanos mis paisanos:
—dos hemistiquios que hermanan—
al deciros en mi mal
compuesta y rimada carta,
que pienso tejer un libro
110   con mis rimas poco gayas[27],
y poco... ¡bien! no es tan sólo
para que ninguno yazga
ignorante. Es por... por... por...
(Aguardad que dé a la cabra,
115   que otra vez se fue al habado
bancal y el huertano rabia.

---

27 *gayas*: vistosas, alegres.

¡"Luná"! ¡"Luná"!... ¡Toma, perro!
¡Por volver a las andadas!)
Decía, que es por... por... por...
120   porque valdría mucha plata
editar el libro... y yo
no puedo valerlo en nada.
¿Me entendéis?... que yo me he dicho,
digo ¡Ah, si me ayudaran
125   los oriolanos, salvado,
salvado del todo estaba!
¿Me entendéis?... ¿No?... ¡Santo Dios!
Hablaré más a las claras.
Que os pido, ¡eso es!, que os pido
130   una peseta —no falsa—,
un duro, ¡lo que queráis!
para poder ver mis ansias
satisfechas... ¿Me daréis
lo que si no me causara
135   vergüenza hasta de rodillas
os pidieran mis palabras...?
Confiando en que querréis
tener un artista —en mantas
o mantillas aún, y humilde
140   y modesto hasta Managua—,
se despide de vosotros,
anticipándoos las gracias,
este pastor a quien viene
a soltar cuatro guantadas
145   un huertano porque están
en un sembrado sus cabras.[10]

Miguel HERNÁNDEZ.

En la huerta, 1 de febrero de 1931.

---

10 Como indica el título, se trata de una especie de circular a sus paisanos para
pedirles dineros con los que poderse dedicar a escribir versos y publicarlos
sin tener que recurrir al pastoreo de las cabras, trabajo que —así lo refleja hu-
morísticamente— tantos quebraderos de cabeza le proporcionaba. Este nota-

[10]

GABRIEL MIRÓ

OLIENDO a ciprés pasó...
Se hundió oliendo a penas suaves.
Y el Mar dijo al Campo: ¿Sabes?
¡Ha muerto Gabriel Miró![11]

5   Del Campo se alzó un clamor,
se agitó todo, y: ¿Es cierto
            ¡AY!
que he perdido, que se ha muerto
            ¡AY!...
10   mi más grande ruiseñor?...

Aquel que con mis senderos
andaba bajo mis siestas.
Aquel de mis dulces puestas
de sol y de mis luceros.

15   Aquel del paisaje, ¡mío!,
que sintió mi primavera
y mi estío cual si fuera
árbol, ave, brisa, río.

Aquel que con tanto amor
20   pulió mi hermosura... ¿Es cierto
            ¡AY!...
que he perdido, que se ha muerto
            ¡AY... YAY!
mi más grande ruiseñor?

---

ble poema da buena idea del virtuosismo con que Hernández manejaba los distintos registros del idioma a sus veinte años, tanto en la fluidez oral de los "troveros" levantinos como en la jerga más culta de clásicos y contemporáneos. De los tres dibujantes citados —Penagos, Bartolazzi y Pedraza— era el primero el favorito de Miguel, como declaró en alguna entrevista.

11 Gabriel Miró fue uno de los modelos literarios del primer Miguel Hernández.

25   ¡Sí!, dijo el Azul Esquivo;
      ha muerto ya el Ojo Claro.
      El de mi Playa y mi Faro,
      y de mi Barlovento[28] Vivo.

      El de mis aves de espuma
30   y mis cipreses andantes;
      mi sal con falda y volantes
      y el sol de mi luna suma.

      —¡Ha muerto!... Cuando al lucero
      de limón los ruiseñores
35   bajan, haciendo primores,
      por un undoso[29] sendero.

      Cuando la coronación
      del ganado se realiza,
      y va la espiga pajiza
40   y huelo a mi corazón.

      ¡Viento! ¡Ciego de las rosas!
      Anda horizonte adelante,
      y dile a todo Levante
      que ha muerto el Señor de las prosas.

45   Cruza las canas aldeas
      por donde Sigüenza[12] iba.
      Márchate montaña arriba,
      y a todo el pastor que veas

      di que ha muerto el hombre aquel
50   de ojo triste y vida rara
      que con ellos platicara
      a un son de esquila y rabel[30].

---

28 *barlovento*: parte de donde viene el viento con respecto a otro lugar.
29 *undoso*: que ondea.
30 *rabel*: instrumento musical, especie de tosco violín.

12 Sigüenza era uno de los personajes emblemáticos de Miró, casi su *alter ego*.

Corre sobre todo a "Oleza"[13]...
Ya que su paisaje verde
su más preciosa ave pierde
¡que se muera de tristeza!

Que doble a muerto "Jesús"[14].
Y las campanas del lado
del huerto de aquel Prelado
todo de miel y de pus[15].

Que en medio del vocerío
de torres palomariegas[31]
se escuche un plañir de vegas
y unos sollozos de río.

...Oliendo a ciprés pasó...
Se hundió oliendo a penas suaves.
Y el Mar dijo al Campo: ¿Sabes?
¡Ha muerto Gabriel Miró!

---

31 *palomariega*: paloma criada en palomar y que sale al campo.

13 Nombre literario con que aparece Orihuela en la obra de Gabriel Miró.
14 Nombre popular del convento de Santo Domingo, de Orihuela, regentado entonces por los jesuitas, y en donde estudiaron Gabriel Miró y el propio Miguel Hernández.
15 Alusión al personaje protagonista de *El obispo leproso*, una de las novelas más celebradas de Miró.

Perito en Lunas

(1933)

Aunque escrito íntegramente en 1932, Miguel Hernández publicó este primer libro en enero de 1933, sin poner ningún encabezamiento a los poemas (todos ellos octavas reales), ya que uno de sus alicientes era que el lector reconstruyera el contenido de los versos descifrándolos, a la manera en que se hace con una adivinanza. Posteriormente, sin embargo, su autor le dictó los títulos a un amigo de Orihuela, que le había confesado ser incapaz de entender las octavas. Por ello las explicamos en nota, ya que resultan sumamente complicadas incluso para los especialistas en su obra.

[11]

(TORO)

¡A LA GLORIA, a la gloria toreadores!
La hora es de mi luna menos cuarto.
Émulos imprudentes del lagarto,
magnificaos el lomo de colores.
5 Por el arco, contra los picadores,
del cuerno, flecha, a dispararme parto.
¡A la gloria, si yo antes no os ancoro,
—golfo de arena—, en mis bigotes de oro![1]

[12]

(PALMERA)

ANDA, columna; ten un desenlace
de surtidor. Principia por espuela.
Pon a la luna un tirabuzón. Hace
el camello más alto de canela.

---

[1] El toro anima a los toreros para la corrida, dirigiéndose a ellos con metáforas
derivadas, sobre todo, de sus cuernos. Éstos serán, según convenga a la eficacia de las imágenes, "luna menos cuarto", "arco" utilizado por el toro para dis-
pararse él mismo como una flecha, "bigotes de oro" o "golfo de arena" en el
que anclar ("ancoro") a los diestros. A su vez, el torero, vestido de luces, imita
las irisaciones del lagarto.

Resuelta en claustro viento esbelto pace,
oasis de beldad a toda vela
con gargantillas de oro en la garganta:
fundada en ti se iza la sierpe, y canta.²

[13]

(SEXO EN INSTANTE, 1)

> *... fija en nivel la balanza*
> *con afecto fugitivo*
> *fulgor de mancebo altivo...*
>
> GÓNGORA.

> *¡Hacia ti que, necesaria,*
> *aún eres bella!...*
>
> GUILLÉN.

A UN TIC-TAC, si bien sordo, recupero
la perpendicular morena de antes,
bisectora de cero sobre cero,
equivalentes ya, y equidistantes.
Clama en imperativo por su fuero,
con más cifras, si pocas, por instantes;
pero su situación, extrema en suma,
sin vértice de amor, holanda espuma.³

---

2 La palmera es "columna" en su tronco y "surtidor" en sus hojas que, como es-
puelas, también parecen simular un tirabuzón al ser vistas contra la luna. Las
pencas de los sucesivos cortes de las palmas perfilan en su extremo superior
como dos jorobas de color canela, al modo de un camello. La columna del
tronco y los arcos de las palmas la asemejan a un claustro, mientras los dora-
dos dátiles simulan un collar o gargantilla.

3 Esta octava, centrada en el sexo masculino, va seguida en *Perito de lunas* de
otra que protagoniza el femenino. De ahí su título y número. En cuanto a las
citas, la primera no pertenece, en realidad, a Góngora, pero se le atribuye en
la edición de la Biblioteca de Autores Españoles, que fue donde la leyó Miguel Hernández, con toda probabilidad. Los versos de Guillén constituyen el
inicio de otra décima, titulada "Pasmo del amante". En la octava de *Perito en
lunas* se describe una masturbación (la expresión "un tic-tac sordo" alude a
los afanes al respecto) que logrará para el sexo masculino la posición de "per-

[14]

(GALLO)

LA ROSADA, por fin Virgen María.
Arcángel tornasol, y de bonete
dentado de amaranto, anuncia el día,
en una pata alzado un clarinete.
5   La pura nata de la galanía
es ese Barba Roja a lo roquete,
que picando coral, y hollando, suma
"a batallas de amor, campos de pluma".[4]

[15]

(PANADERO)

AUNQUE púgil combato, domo trigo:
ya cisne de agua en rolde, a navajazos,

---

pendicular" y bisectriz de "cero sobre cero", en clara alusión a los testículos. Y
al no disponer de sexo femenino ("vértice de amor") con el que acoplarse, se
resolverá en la "holanda espuma" de la eyaculación ("holanda" equivale a
blanca, como las sábanas de Holanda, famosas por la finura de sus lienzos).

4 En este poema convergen varios contextos asociativos al presentar al gallo
desde varios puntos de vista. Por un lado, está la imaginería de origen religioso, según la cual el gallo es un "arcángel" de plumaje cambiante e irisado
("tornasol"), ya que su canto ("en una pata alzado un clarinete") sirve para
anunciar el alba que, en consecuencia, pasa a convertirse en Virgen María,
por semejanza con la Anunciación del arcángel San Gabriel. La cresta se ase-
meja a un "bonete" (gorra de varios picos usada antiguamente por eclesiásticos y seminaristas) dentado de "amaranto", planta cuya flor reviste, a su vez,
la textura y color entre rojo y granate de dicha cresta. El "moco" que le cuelga
bajo el pico en simetría con ella lo convierte en "Barba Roja", apodo que reci-
bió un renombrado pirata turco. Las plumas no sólo recuerdan las alas de un
arcángel, sino también un "roquete", prenda de hilo blanco que viste el sacerdote en la misa, sobre la sotana y bajo la casulla. Finalmente, se refleja la cos-
tumbre del gallo de montar a la gallina sujetándola con el pico, que le clava
en la cresta ("picando coral"), mientras consuma el acoplamiento añadiendo
"a batallas de amor, campos de pluma" (famoso verso que procede de la *Soledad primera* de Góngora).

yo que sostengo estíos con mis brazos,
si su blancura enarco, en oro espigo.
5   De un seguro naufragio, negro digo,
lo librarán mis largos aletazos
de remador, por la que no se apaga
boca y torna las eras que se traga.[5]

[16]

(LA GRANADA)

SOBRE el patrón de vuestra risa media,
reales alcancías[1] de collares,
se recorta, velada, una tragedia
de aglomerados rojos, rojos zares.
5   Recomendable sangre, enciclopedia
del rubor, corazones, si mollares[2],
con un tic-tac en plenilunio, abiertos,
como revoluciones de los huertos.[6]

---

1 *alcancía*: vasija de barro con una hendedura en la parte superior por donde
se echan monedas; hucha.
2 *mollar*: blando, fácil de partir.

5 Se ponen en boca del panadero una serie de consideraciones sobre su oficio
que vendrían a ser éstas: "A pesar de que preparo la masa del pan, blanca como el cisne y redonda ('rolde') como su cuello, macerándola con el puño como un boxeador y abriéndola con la navaja, no es sino trigo lo que domo.
Sostengo el cereal, producto del verano y de las eras, con mis brazos, sobre la
pala, y si la introduzco, como un remador mete el remo en el agua, saco por
la boca enarcada del horno las doradas hogazas, evitando que se quemen."
6 Los rojos granos de la granada, asomando por las grietas del fruto en sazón,
son vistos como "risa". Además, dado el remate en forma de corona, supone
ésta una especie de recipiente donde guardar los collares de granos que con
ellos podrían ensartarse ("reales alcancías de collares"). Tal asociación con la
realeza y su color, que recuerda el de la sangre, se vincula a la revolución so-
viética que en 1917 provocaría el destronamiento de los zares en Rusia. Otras
imágenes ("enciclopedia del rubor", "corazones" abiertos "con un tic-tac en
plenilunio"...) desarrollan las mismas metáforas en direcciones complementa-
rias).

[17]

(HORNO Y LUNA)

HAY UN constante estío de ceniza
para curtir la luna de la era,
más que aquella caliente que aquél iza,
y más, si menos, oro, duradera.
5   Una imposible y otra alcanzadiza,
¿hacia cuál de las dos haré carrera?
Oh tú, perito en lunas; que yo sepa
qué luna es de mejor sabor y cepa.[7]

---

7 El horno es un constante y caluroso "estío de ceniza" para tostar la lunada hogaza, más caliente que la luna que se alza en el verano, y más dorada, aunque menos duradera. Entre las dos se plantea el sujeto lírico un dilema que
ayuda a entender el alcance del título *Perito en lunas*: ¿Se dedica a ganar el
pan seguro, pero prosaico, de la hogaza perecedera (o sea, se resigna a su vida de pastor) o, por el contrario, se lanza a la aventura de la poesía, más fría
y lejana pero, en compensación, más duradera y eterna?

Poesía Pura

(1933-1935)

Entre *Perito en lunas* y su siguiente libro, *El rayo que no cesa* (aparecido en enero de 1936), Hernández publicó —o escribió, sin darlos a la
luz— dos tipos de poemas relativamente distintos: los que derivan de
su *opera prima*, guardan relación con la inspiración católica o preparan
el registro amoroso de *El rayo*, y otros que ya se apartan de esos modelos o registros y resultan mucho más desinhibidos y modernos, en la órbita de autores como Pablo Neruda o Vicente Aleixandre. Los primeros
se recogen en este apartado de "Poesía pura"; los segundos en otro
posterior de "Poesía impura". Son títulos meramente orientativos: esos
encabezamientos no siempre reflejan toda la diversidad que encierran,
ni hay una estricta separación cronológica, ya que algunos se superponen en el tiempo, en especial en 1935, año de profunda transformación
de la vida y obra de Miguel.

[18]

ADOLESCENTE

CRECE
bajo la higuera
verde
que almidona
la siesta,
que le escuece.

Mira
cómo liban,
angélicas,
heridas,
de cera,
a medoros
de arrope.

Fuma
cigarras
encendidas
con lija.

Oye
mudarse
de camisa
la culebra,
fundada
en su silbido.

Crece
25　hasta
almidonarse también
bajo los negros
higos.[1]

[19]

HIGOS-sazón y hojas

EN VERDES paracaídas
cuelgan, como negras horas,
sus coincidencias medoras
deleitaciones suicidas.
5　Por su sazón requeridas,
las armas de los deseos
a amparar los titubeos
ascienden, mas tan ronceras,
que ya las ropas primeras
10　suicidios llueven guineos.[2]

---

1 El presente poema parte de una serie muy característica de esta época, de metro corto y desarrollo "vertical", donde suelen celebrarse las cualidades (más sensoriales que espirituales) de objetos o vivencias cotidianas (hay quien los ha comparado a las "Odas elementales" que escribiría Neruda), y que guardan semejanza con las similares que había incluido Jorge Guillén en su libro *Cántico*. Su lenguaje es menos hermético que el del ciclo de *Perito en lunas*, su simbología religiosa o ascética más relajada o incluso nula, y su tono más lúdico y colorista. En este caso, la higuera es vista como árbol cuyas rígidas hojas parecen almidonadas, a semejanza del sexo del adolescente, que también se "almidona" (entra en erección) bajo ellas. Y lo hace como las culebras y al ritmo de las cigarras, cuyo nombre (que recuerda el del "cigarro") le lleva a hablar de "fumar" y de "encender" para referirse a su chirrido, parecido al de la lija al frotarse. En cuanto a las abejas, que liban las dulces gotas (el "arrope") que supuran los negros higos, son comparadas a Angélica al cuidado de las heridas del soldado moro Medoro, según un famoso pasaje del canto XIX del *Orlando furioso*, de Ariosto, que glosó Góngora en su romance dedicado a ambos personajes.

2 En esta época de la poesía hernandiana no es raro que los títulos estén articulados, separándose mediante un guión el sustantivo o palabra principal (que suele ir con mayúsculas: "HIGOS", en este caso) de las adjetivas, circunstanciales o secundarias ("sazón y hojas" aquí). El metro empleado, la décima, cumple una función similar a la octava en *Perito en lunas*, y continúa el trata-

[20]

ELEGÍA AL NIÑO AHOGADO

CON LOS ojos abiertos bajo el agua,
nemorosas[3] de verdes y tristeza,
te inquiero, segador de luz y peces.

Mordazas de cristal te puso el río,
5   chiquillo agamenón[4], mártir del baño,
cuando gritaste en medio de la muerte.

Te la tragaste a tu pesar: amarga
muerte en el dulce flujo que se marcha
en su persecución y de la orilla[5],

10   a pesar de los frenos del molino
a su tropel de rumbos diligentes
y del dogal del puente a su garganta.

Las cañas te alargaron su socorro
con hojas, material de tus barquillas,
15   pero tu espanto sólo vio la muerte[6].

---

miento que le había otorgado el poeta Jorge Guillén, convirtiéndola en una
estrofa moderna, muy ceñida y sintética, casi cubista. En este caso, los higos
son presentados como "suicidas" porque una vez maduros caerán desplomados a tierra desde la higuera, cuyas hojas sirvieron de taparrabos a Adán y Eva
("ropas primeras") y actúan ahora como paracaídas de este fruto negro ("guineo") y abierto, como si estuviera herido, al igual que Medoro en el ya citado
Orlando furioso de Ariosto. Y ello sucederá antes de que las manos —deseosas de cogerlos, pero perezosas ("ronceras")— los alcancen.

3 Nemoroso es uno de los personajes de la Égloga primera de Garcilaso de la
Vega. Su nombre, construido a partir del latín *nemorosus* ("cubierto de bosques"), sirve aquí para calificar lo frondoso de las algas y lo umbrío de las
aguas.

4 Agamenón fue caudillo del ejército griego en la guerra de Troya y protagonista de la tragedia de Esquilo a la que da título. Fue muerto en el baño por su
esposa Clitemnestra y por Egisto, el amante de ésta.

5 Esto es, el flujo del agua (o río) va en "persecución" de su muerte (el mar) y
de la orilla.

6 Según testimonio de la viuda del poeta, Josefina Manresa, que nos ha sido
transmitido por José Carlos Rovira, este poema quizá se basase en una experiencia real. En él se detectan ya ecos de la elegía de Lope de Vega a la muerte de su hijo Carlos Félix, que continuarán en la que Hernández dedicaría en

Luna de agua, cántaro de carne,
bella lombriz tu sexo, anzuelo inútil
picado por los peces, ya te subo.

20 ¡Ay río, río! hermoso a la ventura,
gobernador de pompas sin gobierno,
¿qué diré, qué le diré a su madre?

¡Ay agua! acompasada de hermosuras,
que te buscas, halladas en cada curva,
cuerdas de los relojes de las norias.

25 ¡Ay pez! ¡ay sapo! ¡ay onda! ¡ay ova[1]! ¡ay margen!
cómplices a la fuerza, ¿qué decirle
a una madre de un crimen cristalino?

Sirenas en maillot[2] cantan las ranas
de medio abajo agua, y por los dedos
30 lloran los pescadores hilo a hilo.

Como un alga olorosa, entre la arena
chorrea un sexo triste que pudiera
haber tenido colmos de minuto:

acordeón en flor, culebra ciega,
35 donde aún no había habido un solo pleno,
no, una altivez fugaz, sí, un hijo en junto.

Le sobrará dolor, niño, a tu madre
todo el que a ti te falta en la mejilla,
playa donde se comba al sol tu sangre.

40 Ya no resultarán trinos exentos
de la persiana en flor, de los naranjos,
donde, colón, atropellabas mundos.

---

1 *ova*: alga verde muy común en las aguas tanto corrientes como estancadas.
2 *maillot*: galicismo que designa el traje de baño.

1936 a Ramón Sijé. Tampoco convendría perder de vista la "Niña ahogada en el pozo" que Federico García Lorca incluyó en su libro *Poeta en Nueva York* (1929), uno de cuyos versos ("Agua fija en un punto") cita Miguel de memoria en una carta al granadino escrita en diciembre de 1934.

Frutas, granadas, senos coronados,
¿quién os redimirá de vuestro peso,
45   maldición regalada de la rama?

¿A qué mejor pastor encomendarla
este ascensor rebaño de cometas
que no lo conduzca al prado azul del hilo?

¡Ay río, río! por tus afluentes,
50   playa de golfos, golfo fugitivo,
mantenedor en justas de verdura:

por ¡tanta! acción verdura cometida,
yéndote luz abajo para siempre,
¡así te lleve el mar! ¡así te ahogues! [7]

[21]

ELEGÍA MEDIA DEL TORO

AUNQUE no amor, ni ciego, dios arquero,
te disparas de ti, si comunista,
vas al partido rojo del torero.

---

[7] Los versos 40 al 54 aluden a las consecuencias que conllevará la muerte del niño ahogado, utilizando una serie de sinécdoques y metáforas que —por muy forzadas que parezcan— son habituales en él en esta época. Así, algunos árboles ya no se verán descargados de sus frutos por el niño. Entre ellos el naranjo, al que en los vv. 40-41 se compara con una "persiana en flor" (por su color, verde como el de las persianas) en cuyas ramas, como el canario en la ventana, cantan los frutos ("trinos exentos" cuando los arrancaba el niño, convertido en un Cristóbal Colón que se apropiaba de esos redondos "mundos" en miniatura). También las granadas seguirán en sus ramas (vv. 43-45). Y nadie "pastoreará" las cometas en el cielo, gobernadas por los hilos como un rebaño en un prado azul (vv. 46-48). El río es el único que no echará de menos al niño, que yace en su seno. A su corriente se la compara con un mantenedor de justas caballerescas, por la semejanza entre las lanzas (llamadas "cañas" en los torneos) y las cañas de sus orillas. Y, también, con un golfillo que huyera hacia el mar asistido por sus afluentes, lleno de meandros o "golfos" como el propio río (vv. 49-52).

Heraldos anunciaron tu prevista
5   presencia, como anuncian a la aurora,
en cuanto la pidieron a la vista.

Tu presteza de Júpiter raptora,
europas cabalgadas acomete:
y a pesar de la que alzan picadora,

10   oposición de bríos y bonete,
tu inquiridor de sangre, hueso y remo,
"dolorosas" las hace de Albacete.

Una capa te imanta con su extremo,
y el que por un instante la batiera,
15   te vuelve con temor su polifemo.

Su miedo luminoso a la torera
salta, y por paladiones en anillo
solicita refugios de madera.

Invitación de palo y papelillo,
20   en los medios citándote, te apena
de colorines altos el morrillo[3].

Como tambor tu piel batida suena,
y tu pata anterior posterioriza
el desprecio rascado de la arena.

25   Por tu nobleza se musicaliza
el saturno de sol y piedra, en tanto
que tu rabo primero penas iza.

Gallardía de rubio y amaranto,
con la muerte en las manos larga y fina,
30   oculto su fulgor, visible al canto,

con tu rabia sus gracias origina:
¡cuántas manos se dan de bofetones
cuando la suya junta con tu esquina!

---

3 *morrillo*: parte carnosa del cogote del toro.

Arrodilla sus iluminaciones;
35   y mientras todos creen que es por valiente,
por lo bajo te pide mil perdones.

Suspenso tú, te mira por el lente
del acero y confluye tu momento
de arrancar con su punta mortalmente.

40   Un datilado y blanco movimiento,
mancos pide un sentido y el azote,
al juez balcón de tu final sangriento.

Por el combo marfil de tu bigote,
te arrastran a segunda ejecutoria.
45   ¡Entre el crimen airoso del capote,

para ti fue el dolor, para él la gloria![8]

[22]

CITACIÓN-fatal

SE CITARON las dos para en la plaza
tal día, y a tal hora, y en tal suerte:

---

8 El toro no es ciego (como el dios pagano del amor, Cupido) ni lleva arco, pero sí se dispara como una flecha, tomando partido por el rojo de la capa, del
mismo color que el emblema comunista. Su salida a la arena fue anunciada
por los clarines, como el gallo lo hace con la aurora. Al igual que Júpiter aco-
metió a Europa en forma de toro, así ataca al picador que, tocado con su bonete y apoyado en la vara como en su remo, le castigará con una puya tan
acerada como las navajas de Albacete. El torero, asustado, da la espalda al as-
tado y se refugia tras los burladeros (Polifemo, cíclope dotado de un solo ojo,
y que aparece, entre otras obras literarias, en la *Odisea* de Homero y la *Fábu-
la de Polifemo y Galatea* de Góngora, sirve aquí para referirse al trasero del
diestro, presidido por el solitario ojo de su ano; *paladión* equivale a 'defensa'). La "invitación de palo y papelillo" alude, naturalmente, a las banderillas.
El "saturno de sol y piedra" retrata la forma de la plaza de toros. La frase "gallardía de rubio y amaranto" con "la muerte en las manos larga y fina" describe al torero vestido de oro y grana, que da pases al toro y se dispone a entrar
a matar con el estoque, provocando los consiguientes aplausos y un agitar de
pañuelos que solicitan al palco presidencial la oreja y el rabo.

una vida de muerte
y una muerte de raza.

5   Dentro del ruedo, un sol que daba pena,
se hacía más redondo y amarillo
en la inquietud inmóvil de la arena
con Dios alrededor, perfecto anillo.

Fuera, arriba, en el palco y en la grada,
10   deseos con mantillas.

Salió la muerte astada,
palco de banderillas.

(Había hecho antes,
a lo sutil, lo primoroso y fino,
15   el clarín sus galleos más brillantes,
verdadera y fatalmente divino.)

Vino la muerte del chiquero: vino
de la valla, de Dios, hasta su encuentro
la vida entre la luz, su indumentaria;
20   y las dos se pararon en el centro,
ante la una mortal, la otra estatuaria.

Comenzó el juego, expuesto
por una y otra parte…
La vida se libraba, ¡con qué gesto!,
25   de morir, ¡con qué arte!

Pero una vez —había de ser una—,
es copada la vida por la muerte,
y se desafortuna
la burla, y en tragedia se convierte.

* * *

30   Morir es una suerte
como vivir: ¡de qué!, ¡de qué manera!
supiste ejecutarla y el berrendo[4].

---

4 *berrendo*: toro con manchas blancas.

Tu muerte fue vivida a la torera,
lo mismo que tu vida fue muriendo.

35   No: a ti no te distrajo,
el tendido vicioso e iracundo,
el difícil trabajo
de ir a Dios por la muerte y por el mundo.

Tu atención sólo han sido toro y ruedo,
40   tu vocación el cuerno fulminante.

Con el valor sublime de tu miedo,
el valor más gigante,
la esperabas de mármol elegante.

Te dedicaste al hueso más avieso[5],
45   que te ha dejado a ti en el puro hueso,
y eres el colmo ya de la finura.

Mas ¿qué importa? que acabes... ¿No acabamos?
todos, aquí, criatura,
allí en el sitio donde Todo empieza.

50   Total, total, ¡total!: di: ¿no tocamos?
a muerte, a infierno, a gloria por cabeza.

Quisiera yo, Mejías,
a quien el hueso y cuerno
ha hecho estatua, callado, paz, eterno,
55   esperar y mirar, cual tú solías,
a la muerte: ¡de cara!,
con un valor que era un temor interno
de que no te matara.

Quisiera el desgobierno
60   de la carne, vidriera delicada,
la manifestación del hueso fuerte.

Estoy queriendo, y temo la cornada
de tu momento, muerte.

---

5 *avieso*: en su doble valor de 'torcido' (el cuerno) y 'malintencionado'.

Espero, a pie parado,
65   el ser, cuando Dios quiera, despenado,
con la vida de miedo medio muerta.

Que en ese *cuando*, amigo,
alguien diga por mí lo que yo digo
por ti con voz serena que aparento:

70   San Pedro, ¡abre! la puerta:
abre los brazos, Dios, y ¡dale! asiento.[9]

[23]

DEL AY AL AY-por el ay

HIJO SOY del *ay*, mi hijo,
hijo de su padre amargo.
En un *ay* fui concebido
y en un *ay* fui engendrado.
5   Dolor de macho y de hembra
frente al uno el otro: ambos.
En un *ay* puse a mi madre
el vientre disparatado:
iba la pobre —¡ay, qué peso!—
10   con mi bulto suspirando.
—¡Ay, que voy a malparir!
¡Ay, que voy a malograrlo!
¡Ay, que me apetece esto!
¡Ay, que aquéllo será malo!

---

9 El título del poema encubre una elegía a la muerte del torero Ignacio Sánchez Mejías, muerto en la plaza de Manzanares el 11 de agosto de 1934. Miguel la debió componer con una gran rapidez (mucho antes de que Federico García Lorca y Rafael Alberti acabaran las suyas), ya que en el archivo de Hernández se conserva una carta de 21 de agosto en la que el diario *ABC* de Madrid rechaza su publicación. Pero el poeta no sólo no se desanimó, sino que se puso manos a la obra y amplió sus versos hasta rematar en octubre del mismo año toda una extensa obra de teatro, *El torero más valiente*.

15   ¡Ay, que me duele la madre[6]!
        ¡Ay, que no puedo llevarlo!
        ¡Ay, que se me rompe él dentro,
        ay, que él afuera! ¡Ay, que paro!
        En un *ay* nací: en un *ay*
20   y en un *ay*, ¡ay!, fui criado.
        —¡Ay, que me arranca los pechos
        a pellizcos y a bocados!
        ¡Ay, que me deja sin sangre!
        ¡Ay, que me quiebra los brazos!
25   ¡Ay, que mi amor y mi vida
        se quedan sin leche, exhaustos!
        ¡Ay, que enferma! ¡Ay, que suspira!
        ¡Ay, que me sale contrario!

        Del *ay*, al *ay*, por *ay*,
30   a un *ay* eterno he llegado.
        Vivo en un *ay*, y en un *ay*
        moriré cuando haga caso
        de la tierra que me lleva
        del *ay* al *ay* trasladado.
35   ¡Ay!, dirá, solo, mi huerto;
        ¡ay!, llorarán mis hermanos;
        ¡ay!, gritarán mis amigos,
        y ¡ay!, también, cortado, el árbol
        que ha de remitir mi caja,
40   ya tal vez sobre lo alto,
        ya tal vez bajo los filos
        del hacha fiera en la mano.
        El mundo me duele: ¡ay!
        Me duele el vicio, y me paso
45   las horas de la virtud
        con un *ay* entre los labios.
        ¡Ay, qué angustia! ¡Ay, qué dolor
        de cielos, mares y campos;
        de flores, montes y nieves;

---

6 *madre*: matriz.

50   de ríos, voces y pájaros!
Por palicos y cañicas
¡ay!, me veo sustentado.
El lilio no me hace señas
¡ay!, con pañuelito cano.
55   Las pitas no me defienden,
con sus espadones áridos,
del demonio. Las palmeras
no me quieren hacer alto
por más que viva a la sombra
60   de estrella de sus palacios.
No me pone la naranja
el ojo redondo y claro,
ni con sus luces porosas
el limón el gusto amargo.
65   Y ¡adiós!, el aire me dice
cuando pasa por mi lado.
La inmovilidad del monte
no lleva mi sangre al paro,
ni hacia los cielos me tiran
70   honda ruda y puro raso,
y tengo la carne siempre
pechiabierta a los pecados.
Sucias rachas tumban todas
las cometas que levanto,
75   y todos los ruy-señores
esquivos y solitarios
se burlan de ver mis sitios
malamente acompañados.
¡Ay!, todo me duele: todo:
80   ¡Ay!, lo divino y lo humano.
Silbo para consolar
mi dolor a lo canario,
y a lo ruy-señor, y el silbo,
¡ay!, me sale vulnerado.[10]

---

10 El *ay* es la forma en que Miguel Hernández expresa el sino fatal o la temática
de la *pena* a estas alturas de su obra. Con ello expresa en la escritura el canto

[24]

PROFECÍA-sobre el campesino

TÚ NO ERES TÚ, mi hermano y campesino;
tú eres nadie y tu ira, facultada
de manejables arcos acerados.
A tu manera faltas sosegada,
5   a tu amor y destino,
veterana asistencia de los prados.

Cornalón[7] por la hoz, áspero sobre
la juventud del vino,
apacientas designios desiguales;
10   dices a Dios que obre
la creación, del campo solo y mondo,
¡tú!, que has sacado a Dios de los Trigales
candeal[8] y redondo.

Pides la expropiación de la sonrisa
15   y la emancipación de la corriente
—¡lo imposible!— del río.
Dejas manca en los árboles la brisa,
al ave sin reposo ni morada,
con el hacha y el brío.

20   Escaso en todo y abundante en nada,
el florido lugar de regadío
se torna de secano.
A ras de amarillo nacimiento
se queda la simiente,
25   sin el cuidado atento
de tu nocturna y descuidada mano.

---

7 *cornalón*: toro con cuernos muy grandes.
8 *candeal*: pan elaborado con harina de *trigo candeal*, una variedad que tiene
la espiga cuadrada y produce una harina blanca y con mucho gluten, y que es
considerada de la mejor calidad.

herido del pájaro solitario, que da título a uno de sus libros, *El silbo vulnerado*, inspirado en el *Cántico espiritual* de San Juan de la Cruz.

El sexo macho y fuerte de la reja,
al surco femenino, en desaseo,
para abrir cauces a la muerte, deja.
30   Espera algún meneo
el suelo ya del fruto exceptuado[11].

Al prado no pastura ya la oveja:
pasto puro es la oveja ahora del prado.
¡Desolación!... ¡desolación!... La hoguera
35   ¡qué riquezas! altera,
¡qué lucientes estragos!,
¡qué admirables catástrofes! atiza,
ardiente iniquidad de ciervos vagos.

Se cosecha ceniza,
40   parvas[9] de llamaradas,
en la Sagrada Forma de la era.

Están las viñas ruines
y las espigas desorganizadas.

¡Caín! ¡Caín! ¡Caín de los caínes!

45   Inficcionado de ambición, malgastas
fraternales carmines,
buscas el bienestar con malestares.
Bate las tiernas hermosuras vastas
de los verdes lugares,
50   a bocados, tu azada temerosa.

Tu puño los viñedos ya no ordeña,
y el visco[10] de su leche se derrama.

¡Amargo! te es el vientre de tu esposa
como el abril en flor de la retama[11].

---

9 *parva*: cobertura o lecho vegetal de la era; es "de llamaradas" o de "ceniza" porque ha sido incendiada en señal de protesta.
10 *visco*: equivale a 'sustancia viscosa', con la que se alude al mosto de la uva.
11 *retama*: mata de ramas delgadas y largas y flores amarillas.

11 "Exceptuado" se refiere a suelo, no a fruto. Esto es, equivale a 'suelo baldío, sin fruto'.

55   Tu voz, de valle en valle y peña en peña,
de tu cólera espejo contrahecho,
incita a tus iguales a verdugos,
para sacar de todo —¿qué provecho?—
más trabajos, más bueyes y más yugos.

60   ¡Reciennacer! ¡Reciennacer! precisas.
¡Reciennacer! en estas malas brisas
que corren por el viento,
dando lo puro y lo mejor por nulos.
¡Volver! ¡Volver! al apisonamiento,
65   al apasionamiento de los rulos[12].
Sentir, a las espaldas el pellejo,
el latir de las vides, el reflejo
de la vida del vino,
y la palpitación de los tractores.

70   ¡Ay!, ¡ama!, campesino,
¡adámate[13]! de amor por tus labores.

El encanto del campo está seguro
para ti, en ti, por ti, de ti lo espero.

En nombre de la espiga, te conjuro:
75   ¡siembra el pan! con esmero.

Día vendrá un cercano venidero
en que revalorices la esperanza,
buscando la alianza
del cielo y no la guerra.

80   ¡Tierra! de promisión y de bonanza
volverá a ser la tierra.[12]

---

12 *rulos*: rodillos.
13 *adamarse*: comportarse como una dama, esto es, ser delicado en sus tareas.

12 Este poema fue publicado en junio de 1934 en el primer número de la revista *El Gallo Crisis,* que dirigía Ramón Sijé, por lo que cabe suponer que el término "profecía" responde a la concepción que de este género tenía el último, y que definió como la "conceptualización, la nominalización del cristianismo: porque se esperan las personas o situaciones cuyos nombres se han predicho". Por tanto, y en lo que a Hernández se refiere, la poesía profética viene a

[25]

A MARÍA SANTÍSIMA[13]

(EN EL MISTERIO DE LA ENCARNACIÓN)

HECHO de palma, soledad de huerta
afirmada por tapia y cerradura,
amaneció la Flor de la criatura
¡qué mucho! virginal, ¡qué nada! tuerta.

5   Ventana para el Sol ¡qué sólo! abierta:
sin alterar la vidriera pura,
la Luz pasó el umbral de la clausura
y no forzó ni el sello ni la puerta.

Justo anillo su vientre de Lo Justo,
10   quedó, como antes, virgen retraimiento,
abultándole Dios seno y ombligo.

No se abrió para abrirse: dio en un susto,
(nueve meses sustento del Sustento),
Honor al barro y a la paja Trigo.[14]

---

ser la forma literaria con la que incidir sobre el orden temporal sin olvidar las
categorías eternas que proporciona la religión. De hecho, este poema está ba-
sado en una de las tesis típicamente sijenianas: frente a la reforma agraria lai-
ca propugnada por la Segunda República, él propone una reforma agraria religiosa: lo que ha de hacer el campesino es ocuparse de la tierra con amor,
considerando que —al laborar el pan y el vino— tiene el privilegio de trabajar
a Dios, al ser éstas las especies eucarísticas. Dicho en plata, cabe preguntarse
si el poema no es una exhortación al abandono de la "huelga de la cosecha"
propiciada por la izquierda en 1934, como apoyo al decreto de expropiación
de las tierras de los Grandes de España, que había sido anulado por el gobierno de derechas del llamado "bienio negro" republicano. La referencia a las especies eucarísticas obedece a que la revista citada estaba fechada en la festivi-
dad del Corpus que, como se sabe, celebra justamente la eucaristía.

13 Este tríptico de sonetos también fue publicado en *El Gallo Crisis*, en su segundo número, correspondiente a la Virgen de la Asunción de agosto de 1934.
De ahí que vaya dedicado a ella.

14 Según el misterio de la Encarnación, la Virgen María concibió a Jesús por obra
y gracia del Espíritu Santo, al igual que un rayo de luz que pasara a través del
cristal sin romperlo ni mancharlo. De ahí la afirmación de que continuará
siendo completamente virginal y nada "tuerta" (v. 4).

(EN EL DE LA ASUNCIÓN)

15   ¡Tú!, que eras ya subida soberana,
de subir acabaste, Ave sin pío
nacida para el vuelo y luz, ya río,
ya nube, ya palmera, ya campana.

La pureza del lilio[14] sintió frío;
20   y aquel preliminar de la mañana
aire ¡tan encelado[15]! en tu ventana,
sin tu aliento ni olor quedó vacío.

¡Todo! te echa de menos: ¿qué azucena?
no ve su soledad sin tu compaña[16],
25   ve su comparación sin Ti en el huerto...

Quedó la nieve, sin candor, con pena,
mustiándole el perfil a la montaña;
subiste más, y viste el cielo abierto.[15]

(EN TODA SU HERMOSURA)

¡Oh Elegida! por Dios antes que nada;
30   Reina del Ala; Propia del zafiro,
Nieta de Adán, creada en el retiro
de la Virginidad siempre increada.

Tienes el ojo tierno de preñada;
y ante el sabroso origen del suspiro
35   donde la leche mana miera[17], miro
tu cintura, de no parir, delgada.

---

14 *lilio*: forma poética por *lirio*.
15 *encelado*: enamorado.
16 *compaña*: compañía.
17 *miera*: aceite medicinal obtenido a partir del enebro y otras plantas, que Hernández conocía de primera mano por ser muy utilizado por los pastores para aliviar las llagas del ganado.

15 En este soneto se trata del misterio de la Asunción, esto es, la subida a los cielos no por sus propios recursos (Ascensión), sino gracias a los de la divinidad.

Trillo[18] es tu pie de la serpiente lista,
tu parva el mundo, el ángel tu siguiente,
Gloria del Greco y del Cristal Orgullo.

40   Privilegió Judea con tu vista
Dios, y eligió la brisa y el ambiente
en que debía abrirse tu capullo.[16]

[26]

EL SILBO DE AFIRMACIÓN EN LA ALDEA

ALTO SOY de mirar a las palmeras,
rudo de convivir con las montañas...
Yo me vi bajo y blando en las aceras
de una ciudad espléndida de arañas.
5   Difíciles barrancos de escaleras,
calladas cataratas de ascensores,
¡qué impresión de vacío!,
ocupaban el puesto de mis flores,
los aires de mis aires y mi río.

10   Yo vi lo más notable de lo mío
llevado del demonio, y Dios ausente.
Yo te tuve en el lejos del olvido,
aldea, huerto, fuente
en que me vi al descuido:

---

18 *trillo*: tablón con pedazos de pedernal o cuchillas de acero para cortar la paja
y separar el grano.

16 En este último soneto se celebra la apoteosis de la Virgen como vengadora de
Lucifer, quien (en forma de serpiente) incitó al pecado original a Adán en el
paraíso terrenal, utilizando como intermediaria a Eva. Por ello, Dios conminó
al reptil enemistándolo con la mujer y prometiendo el advenimiento de una
—la Virgen María— a cuyos pies debería yacer. El Greco fue el sobrenombre
del pintor cretense Doménikos Theotokópoulos (Candía [Creta], 1541-Toledo,
1614) quien, establecido en España, celebró en sus lienzos estas cualidades
marianas.

15   huerto, donde me hallé la mejor vida,
    aldea, donde al aire y libremente,
    en una paz meé larga y tendida.

    Pero volví en seguida
    mi atención a las puras existencias
20   de mi retiro hacia mi ausencia atento,
    y todas sus ausencias
    me llenaron de luz el pensamiento.

    Iba mi pie sin tierra, ¡qué tormento!,
    vacilando en la cera de los pisos,
25   con un temor continuo, un sobresalto,
    que aumentaban los timbres, los avisos,
    las alarmas, los hombres y el asfalto.
    ¡Alto!, ¡Alto!, ¡Alto!, ¡Alto!
    ¡Orden!, ¡Orden! ¡Qué altiva
30   imposición del orden una mano,
    un color, un sonido!
    Mi cualidad visiva[19],
    ¡ay!, perdía el sentido.

    Topado por mil senos, embestido
35   por más de mil peligros, tentaciones,
    mecánicas jaurías,
    me seguían lujurias y claxones,
    deseos y tranvías.

    ¡Cuánto labio de púrpuras teatrales,
40   exageradamente pecadores!
    ¡Cuánto vocabulario de cristales,
    al frenesí llevando los colores
    en una pugna, en una competencia
    de originalidad y de excelencia!

45   ¡Qué confusión! ¡Babel de las babeles!
    ¡Gran ciudad!: ¡gran demontre[20]!: ¡gran puñeta!:

---

19 *visiva*: para ver.
20 *demontre*: demonio.

¡el mundo sobre rieles,
y su desequilibrio en bicicleta!

Los vicios desdentados, las ancianas
50   echándose en las canas rosicleres[21],
infamia de las canas,
y aun buscando sin tuétano placeres.
Árboles, como locos, enjaulados:
Alamedas, jardines
55   para destuetanarse el mundo; y lados
de creación ultrajada por orines.

Huele el macho a jazmines,
y menos lo que es todo parece
la hembra oliendo a cuadra y podredumbre.

60   ¡Ay, cómo empequeñece
andar metido en esta muchedumbre!
¡Ay!, ¿dónde está mi cumbre,
mi pureza, y el valle del sesteo
de mi ganado aquel y su pastura?

65   Y miro, y sólo veo
velocidad de vicio y de locura.
Todo eléctrico: todo de momento.
Nada serenidad, paz recogida.
Eléctrica la luz, la voz, el viento,
70   y eléctrica la vida.
Todo electricidad: todo presteza
eléctrica: la flor y la sonrisa,
el orden, la belleza,
la canción y la prisa.
75   Nada es por voluntad de ser, por gana,
por vocación de ser. ¿Qué hacéis las cosas
de Dios aquí: la nube, la manzana,
el borrico, las piedras y las rosas?

---

21 *rosicleres*: se aplica habitualmente al color rosado de la aurora, pero en este
    caso se amplía a los afeites, maquillajes y tintes para el pelo.

¡Rascacielos!: ¡qué risa!: ¡rascaleches!
80   ¡Qué presunción los manda hasta el retiro
de Dios! ¿Cuándo será, Señor, que eches
tanta soberbia abajo de un suspiro?
¡Ascensores!: ¡qué rabia! A ver, ¿cuál sube
a la talla de un monte y sobrepasa
85   el perfil de una nube,
o el cardo, que de místico se abrasa
en la serrana gracia de la altura?
¡Metro!: ¡qué noche oscura
para el suicidio del que desespera!:
90   ¡qué subterránea y vasta gusanera,
donde se cata y zumba
la labor y el secreto de la tumba!
¡Asfalto!: ¡qué impiedad para mi planta!
¡Ay, qué de menos echa
95   el tacto de mi pie mundos de arcilla
cuyo contacto imanta,
paisajes de cosecha,
caricias y tropiezos de semilla!

¡Ay, no encuentro, no encuentro
100   la plenitud del mundo en este centro!
En los naranjos dulces de mi río,
asombros de oro en estas latitudes,
oh ciudad cojitranca, desvarío,
sólo abarca mi mano plenitudes.

105   No concuerdo con todas estas cosas
de escaparate y de bisutería:
entre sus variedades procelosas[22],
es la persona mía,
como el árbol, un triste anacronismo.
110   Y el triste de mí mismo,
sale por su alegría,
que se quedó en el mayo de mi huerto,

22 *procelosas*: agitadas, tumultuosas, tormentosas.

de este urbano bullicio
donde no estoy de mi seguro cierto,
115   y es pormayor²³ la vida como el vicio.

* * *

He medio boquiabierto
la soledad cerrada de mi huerto.
He regado las plantas:
las de mis pies impuras y otras santas,
120   en la sequía breve de mi ausencia
por nadie reemplazada. Se derrama,
rogándome asistencia,
el limonero al suelo, ya cansino
de tanto agrio picudo.
125   En el miembro desnudo de una rama,
se le ve al ave el trino
recóndito, desnudo.

Aquí la vida es pormenor: hormiga,
muerte, cariño, pena,
130   piedra, horizonte, río, luz, espiga,
vidrio, surco y arena.
Aquí está la basura
en las calles, y no en los corazones.
Aquí todo se sabe y se murmura:
135   No puede haber oculta la criatura
mala, y menos las malas intenciones.

Nace un niño, y entera
la madre a todo el mundo del contorno.
Hay pimentón tendido en la ladera,
140   hay pan dentro del horno,
y el olor llena el ámbito, rebasa
los límites del marco de las puertas,
penetra en toda la casa
y panifica el aire de las huertas.

---

23 *pormayor*: abundante.

145 Con una paz de aceite derramado,
enciende el río un lado y otro lado
de su imposible, por eterna, huida.
Como una miel muy lenta destilada,
por la serenidad de su caída
150 sube la luz a las palmeras: cada
palmera se disputa
la soledad suprema de los vientos,
la delicada gloria de la fruta
y la supremacía
155 de la elegancia de los movimientos
en la más venturosa geografía.

Está el agua que trina de tan fría
en la pila y la alberca[24]
donde aprendí a nadar. Están los pavos,
160 la Navidad se acerca,
explotando de broma en los tapiales,
con los desplantes y los gestos bravos
y las barbas con ramos de corales.
Las venas manantiales
165 de mi pozo serrano
me dan, en el pozal que les envío,
pureza y lustración para la mano,
para la tierra seca amor y frío.

Haciendo el hortelano,
170 hoy en este solaz de regadío
de mi huerto me quedo.
No quiero más ciudad, que me reduce
su visión, y su mundo me da miedo.

¡Cómo el limón reluce
175 encima de mi frente y la descansa!
¡Cómo apunta en el cruce
de la luz y la tierra el lilio puro!
Se combate la pita, y se remansa

---

24 *alberca*: balsa.

el perejil en un aparte oscuro.
180 Hay az'har, ¡qué osadía de la nieve!
y estamos en diciembre, que hasta enero,
a oler, lucir y porfiar se atreve
en el alrededor del limonero.

Lo que haya de venir, aquí lo espero
185 cultivando el romero y la pobreza.
Aquí de nuevo empieza
el orden, se reanuda
el reposo, por yerros alterado,
mi vida humilde, y por humilde, muda.
190 Y Dios dirá, que está siempre callado.[17]

[27]

EL SILBO DEL DALE

DALE AL aspa, molino,
hasta nevar el trigo.

Dale a la piedra, agua,
hasta ponerla mansa.

5 Dale al molino, aire,
hasta lo inacabable.

Dale al aire, cabrero,
hasta que silbe tierno.

Dale al cabrero, monte,
10 hasta dejarle inmóvil.

---

[17] Publicado en *El Gallo Crisis* en la primavera de 1935, fue compuesto por Miguel a instancias del también poeta Luis Rosales, para expresar su rechazo de la gran ciudad (concretamente de Madrid), remozando el viejo tópico de "menosprecio de corte y alabanza de aldea" que plasmó, entre otros, fray Antonio de Guevara.

Dale al monte, lucero,
hasta que se haga cielo.

Dale, Dios, a mi alma,
hasta perfeccionarla.

15　Dale que dale, dale
molino, piedra, aire,

cabrero, monte, astro;
dale que dale largo.

Dale que dale, Dios,

20　　　　¡ay!,

hasta la perfección.

[28]

TUS CARTAS SON UN VINO

A mi gran Josefina adorada.

TUS CARTAS son un vino
que me trastorna y son
el único alimento
para mi corazón.

5　Desde que estoy ausente
no sé sino soñar,
igual que el mar tu cuerpo,
amargo igual que el mar.

Tus cartas apaciento
10　metido en un rincón
y por redil y hierba
les doy mi corazón.

Aunque bajo la tierra
mi amante cuerpo esté,

15   escríbeme, paloma,
        que yo te escribiré.

        Cuando me falte sangre
        con zumo de clavel,
        y encima de mis huesos
20   de amor cuando papel.[18]

                    [29]

LA PENA hace silbar, lo he comprobado,
cuando el que pena, pena malherido,
pena de desamparo desabrido,
pena de soledad de enamorado.

5   ¿Qué ruy-señor amante no ha lanzado
        pálido, fervoroso y afligido,
        desde la ilustre soledad del nido
        el amoroso silbo vulnerado?

        ¿Qué tórtola exquisita se resiste
10   ante el silencio crudo y favorable
        a expresar su quebranto de viuda?

        Silbo en mi soledad, pájaro triste,
        con una devoción inagotable,
        y me atiende la sierra siempre muda.[19]

---

18 Poema amoroso destinado a Josefina Manresa desde la lejanía de Madrid, a
   una de cuyas estrofas (la cuarta, de sabor popular) volverá en la etapa de *El
   hombre acecha*, empleándola como estribillo. Nótese, en el último verso, la
   estructura zeugmática tan del gusto de Miguel: "mis huesos / de amor cuando
   [me falte] papel". Compruébese la misma estructura, por ejemplo, en el verso
   5 del poema 30: "No me encuentro los labios sin tus [labios] rojos".
19 Al igual que "Como queda en la tarde que termina", este soneto pertenece a
   la serie del tercer *Silbo vulnerado*, que terminaría convirtiéndose en *El rayo
   que no cesa*, y en el que se alcanza a percibir el sentido que se otorga a dicho
   título.

[30]

MIS OJOS, sin tus ojos, no son ojos,
que son dos hormigueros solitarios,
y son mis manos sin las tuyas varios
intratables espinos a manojos.

5 · No me encuentro los labios sin tus rojos,
que me llenan de dulces campanarios,
sin ti mis pensamientos son calvarios
criando cardos y agostando hinojos.

No sé qué es de mi oreja sin tu acento,
10 · ni hacia qué polo yerro sin tu estrella,
y mi voz sin tu trato se afemina.

Los olores persigo de tu viento
y la olvidada imagen de tu huella,
que en ti principia, amor, y en mí termina.[20]

---

[20] Soneto perteneciente a *Imagen de tu huella*, otra de las versiones previas de
El rayo que no cesa. La expresión "imagen de tu huella" (verso 13) también es
de origen sanjuanista.

El Rayo que no Cesa

(1936)

El rayo que no cesa es un libro perfectamente estructurado, compuesto de treinta poemas que son en su integridad sonetos, a excepción de los tres que lo vertebran, de mayor extensión: "Un carnívoro cuchillo", que abre el libro, en cuartetas; "Me llamo barro…" (en silva polimétrica) y la "Elegía" a Ramón Sijé (en tercetos encadenados). "Me llamo barro", que actúa como eje de simetría, está separado de "Un carnívoro cuchillo" y de la "Elegía" por dos grupos de trece sonetos, y un "Soneto final" cierra el conjunto. Por ello ofrecemos esas tres composiciones que le sirven de andamiaje, y algunos de los sonetos más significativos.

[31]

U<small>N CARNÍVORO</small> cuchillo
de ala dulce y homicida
sostiene un vuelo y un brillo
alrededor de mi vida.

5   Rayo de metal crispado
fulgentemente caído,
picotea mi costado
y hace en él un triste nido.

Mi sien, florido balcón
10   de mis edades tempranas,
negra está, y mi corazón,
y mi corazón con canas.

Tal es la mala virtud
del rayo que me rodea,
15   que voy a mi juventud
como la luna a la aldea.

Recojo con las pestañas
sal del alma y sal del ojo
y flores de telarañas
20   de mis tristezas recojo.

¿Adónde iré que no vaya
mi perdición a buscar?

Tu destino es de la playa
y mi vocación del mar.

25   Descansar de esta labor
de huracán, amor o infierno
no es posible, y el dolor
me hará a mi pesar eterno.

Pero al fin podré vencerte,
30   ave y rayo secular,
corazón, que de la muerte
nadie ha de hacerme dudar.

Sigue, pues, sigue, cuchillo,
volando, hiriendo. Algún día
35   se pondrá el tiempo amarillo
sobre mi fotografía. [1]

[32]

¿No cesará este rayo que me habita
el corazón de exasperadas fieras
y de fraguas coléricas y herreras
donde el metal más fresco se marchita?

5   ¿No cesará esta terca estalactita
de cultivar sus duras cabelleras
como espadas y rígidas hogueras
hacia mi corazón que muge y grita?

---

1 En *El rayo que no cesa* se superponen dos temáticas estrechamente relacionadas: la del amor y la de la pena, que a menudo se enuncian por separado,
pero que suelen ir juntas, condicionándose recíprocamente. Es el caso de esta
composición que abre el libro, en la que puede observarse cómo ese rayo
que atormenta al sujeto lírico es comparado a un cuchillo o un ave que ataca
su sentimiento y su pensamiento, su costado y su sien, hasta el punto de pro-
ducirse entrecruzamientos como ese "corazón con canas" o "sal del alma y sal
del ojo" para referirse a las lágrimas. Y, de acuerdo con el fatalismo que infor-
ma el conjunto, sólo el paso del tiempo y la muerte podrá librarle de un enemigo que, en el fondo, radica en su interior, en el mal de amores.

10 Este rayo ni cesa ni se agota:
de mí mismo tomó su procedencia
y ejercita en mí mismo sus furores.

Esta obstinada piedra de mí brota
y sobre mí dirige la insistencia
de sus lluviosos rayos destructores.[2]

[33]

TENGO estos huesos hechos a las penas
y a las cavilaciones estas sienes:
pena que vas, cavilación que vienes
como el mar de la playa a las arenas.

5 Como el mar de la playa a las arenas,
voy en este naufragio de vaivenes
por una noche oscura de sartenes
redondas, pobres, tristes y morenas.

Nadie me salvará de este naufragio
10 si no es tu amor, la tabla que procuro,
si no es tu voz, el norte que pretendo.

Eludiendo por eso el mal presagio
de que ni en ti siquiera habré seguro,
voy entre pena y pena sonriendo.[3]

---

2 Si en el anterior poema la aludida temática central del libro sólo se esbozaba,
ahora (en este soneto, que va a continuación en el libro) se va perfilando con
mayor nitidez, apuntando dos de sus variaciones: por un lado, el campo aso-
ciativo del fuego, las herrerías, los volcanes, las cavernas (la piedra-estalactita
y la espada, en suma); por otro, el contexto taurino de un corazón que muge
al sentir la amenaza de un cuchillo ahora transmutado en estoque.

3 Una variación de distinto orden es la de las penas como un oleaje o vaivén
en el que naufraga el poeta, relacionado a menudo con las lágrimas como fluido salobre. Las demás imágenes de este soneto se adaptan a ese contexto marinero, a excepción de la más notable y disonante, la "noche oscura de sartenes / redondas, pobres, tristes y morenas". Tiznadas por la pena e inspiradas
en la "noche oscura" de San Juan de la Cruz, mezclan a Dios con los puche-

[34]

TE ME mueres de casta y de sencilla:
estoy convicto, amor, estoy confeso
de que, raptor intrépido de un beso,
yo te libé la flor de la mejilla.

5   Yo te libé la flor de la mejilla,
y desde aquella gloria, aquel suceso,
tu mejilla, de escrúpulo y de peso,
se te cae deshojada y amarilla.

El fantasma del beso delincuente
10   el pómulo te tiene perseguido,
cada vez más patente, negro y grande.

Y sin dormir estás, celosamente,
vigilando mi boca ¡con qué cuido!
para que no se vicie y se desmande.

[35]

SILENCIO de metal triste y sonoro,
espadas congregando con amores
en el final de huesos destructores
de la región volcánica del toro.

5   Una humedad de femenino oro
que olió puso en su sangre resplandores,
y refugió un bramido entre las flores
como un huracanado y vasto lloro.

De amorosas y cálidas cornadas
10   cubriendo está los trebolares tiernos
con el dolor de mil enamorados.

---

ros, como pedía Santa Teresa de Jesús, pero también acatan, a su modo, los
preceptos de la poesía impura, al desjerarquizar en intencionada mezcolanza
lo etéreo y revestirlo con los objetos más tangibles y cotidianos.

Bajo su piel las furias refugiadas
son en el nacimiento de sus cuernos
pensamientos de muerte edificados.[4]

[36]

Me llamo barro aunque Miguel me llame.
Barro es mi profesión y mi destino
que mancha con su lengua cuanto lame.

Soy un triste instrumento del camino.
5   Soy una lengua dulcemente infame
a los pies que idolatro desplegada.

Como un nocturno buey de agua y barbecho
que quiere ser criatura idolatrada,
embisto a tus zapatos y a sus alrededores,
10   y hecho de alfombras y de besos hecho
tu talón que me injuria beso y siembro de flores.

Coloco relicarios de mi especie
a tu talón mordiente, a tu pisada,
y siempre a tu pisada me adelanto
15   para que tu impasible pie desprecie
todo el amor que hacia tu pie levanto.

Más mojado que el rostro de mi llanto,
cuando el vidrio lanar del hielo bala,

---

4 Las imágenes taurinas constituyen uno de los más recurrentes motivos del libro, que en este soneto alcanza posiblemente su cima de perfección, retomando una muy extensa tradición presente en la literatura española. Pero esa iconografía no implica que el poeta se desentienda de otros campos asociativos; antes bien, suele integrarlos. Así, el que atañe a fraguas, cuchillos y volcanes se recoge en el primer cuarteto, asimilando los cuernos a ese contexto destructor y punzante. Frente a esos lamentos masculinos y relacionados con el fuego, el segundo cuarteto recupera los principios femeninos (humedad, flores, llanto...), hasta culminar en la prodigiosa metáfora de los cuernos como "pensamientos de muerte edificados", reelaborada sobre un Quevedo visto, a su vez, a través de Ramón Gómez de la Serna, que en su novela *El torero Caracho* había escrito: "El toro hiere con arma de pensamiento".

cuando el invierno tu ventana cierra
20   bajo a tus pies un gavilán de ala,
de ala manchada y corazón de tierra.
Bajo a tus pies un ramo derretido
de humilde miel pataleada y sola,
un despreciado corazón caído
25   en forma de alga y en figura de ola.

Barro en vano me invisto de amapola,
barro en vano vertiendo voy mis brazos,
barro en vano te muerdo los talones,
dándote a malheridos aletazos
30   sapos como convulsos corazones.

Apenas si me pisas, si me pones
la imagen de tu huella sobre encima,
se despedaza y rompe la armadura
de arrope¹ bipartido que me ciñe la boca
35   en carne viva y pura,
pidiéndote a pedazos que la oprima
siempre tu pie de liebre libre y loca.

Su taciturna nata se arracima,
los sollozos agitan su arboleda
40   de lana cerebral bajo tu paso.
Y pasas, y se queda
incendiando su cera de invierno ante el ocaso,
mártir, alhaja y pasto de la rueda.

Harto de someterse a los puñales
45   circulantes del carro y la pezuña,
teme del barro un parto de animales
de corrosiva piel y vengativa uña.

Teme que el barro crezca en un momento,
teme que crezca y suba y cubra tierna,
50 .   tierna y celosamente
tu tobillo de junco, mi tormento,

---

1 *arrope*: líquido dulce que deja escapar el higo maduro.

teme que inunde el nardo de tu pierna
y crezca más y ascienda hasta tu frente.

Teme que se levante huracanado
55   del blando territorio del invierno
y estalle y truene y caiga diluviado
sobre tu sangre duramente tierno.

Teme un asalto de ofendida espuma
y teme un amoroso cataclismo.

60   Antes que la sequía lo consuma
el barro ha de volverte de lo mismo.[5]

[37]

YA DE SU creación, tal vez, alhaja
algún sereno aparte campesino
el algarrobo, el haya, el roble, el pino
que ha de dar la materia de mi caja.

5   Ya, tal vez, la combate y la trabaja
el talador con ímpetu asesino
y, tal vez, por la cuesta del camino
sangrando sube y resonando baja.

Ya, tal vez, la reduce a geometría,
10   a pliegos aplanados quien apresta
el último refugio a todo vivo.

---

5 Buen ejemplo de transición entre la poesía amorosa y la "impura", la fuerza
de estos versos deriva en gran medida de la contraposición de la mujer vista
como nardo y el despliegue de barros, bueyes, sapos y otros ingredientes poco nobles con que se la acecha. El poeta llega a prescindir del propio nombre para quedarse en lo más elemental humano: el barro primigenio, lado
anónimo de un camino, cuya única posibilidad de personalizarse es llegar a
ser pisado por la mujer que, al imprimirle su huella, lo dotará de identidad.
Ese desbordamiento se traduce en una métrica que sobrepasa la mucho más
estricta del soneto, dando lugar a una silva polimétrica, muy cercana ya al
verso libre de Neruda y Aleixandre.

Y cierta y sin tal vez, la tierra umbría
desde la eternidad está dispuesta
a recibir mi adiós definitivo.[6]

[38]

COMO el toro he nacido para el luto
y el dolor, como el toro estoy marcado
por un hierro infernal en el costado
y por varón en la ingle con un fruto.

5   Como el toro lo encuentra diminuto
todo mi corazón desmesurado,
y del rostro del beso enamorado,
como el toro a tu amor se lo disputo.

Como el toro me crezco en el castigo,
10   la lengua en corazón tengo bañada
y llevo al cuello un vendaval sonoro.

Como el toro te sigo y te persigo,
y dejas mi deseo en una espada,
como el toro burlado, como el toro.

[39]

ELEGÍA

(En Orihuela, su pueblo y el mío, se me ha muerto
como del rayo Ramón Sijé, con quien tanto quería.)

YO QUIERO ser llorando el hortelano
de la tierra que ocupas y estercolas,
compañero del alma, tan temprano.

---

6 Una de las expresiones más netas del fatalismo del libro, a través de una especie de meditación sobre la muerte que, como suele suceder en Hernández, toma como pretexto un motivo concreto y prestado de la naturaleza: en algún lugar se está fraguando su ataúd y, en cualquier caso, siempre habrá un hueco en
la tierra para su cuerpo que, inexorablemente, está destinado a ir a parar a ella.

Alimentando lluvias, caracolas
y órganos mi dolor sin instrumento,
a las desalentadas amapolas

daré tu corazón por alimento.
Tanto dolor se agrupa en mi costado,
que por doler me duele hasta el aliento.

Un manotazo duro, un golpe helado,
un hachazo invisible y homicida,
un empujón brutal te ha derribado.

No hay extensión más grande que mi herida,
lloro mi desventura y sus conjuntos
y siento más tu muerte que mi vida.

Ando sobre rastrojos de difuntos,
y sin calor de nadie y sin consuelo
voy de mi corazón a mis asuntos.

Temprano levantó la muerte el vuelo,
temprano madrugó la madrugada,
temprano estás rodando por el suelo.

No perdono a la muerte enamorada,
no perdono a la vida desatenta,
no perdono a la tierra ni a la nada.

En mis manos levanto una tormenta
de piedras, rayos y hachas estridentes
sedienta de catástrofes y hambrienta.

Quiero escarbar la tierra con los dientes,
quiero apartar la tierra parte a parte
a dentelladas secas y calientes.

Quiero minar la tierra hasta encontrarte
y besarte la noble calavera
y desamordazarte y regresarte.

Volverás a mi huerto y a mi higuera:
por los altos andamios de las flores
pajareará tu alma colmenera

de angelicales ceras y labores.
Volverás al arrullo de las rejas
de los enamorados labradores.

40 Alegrarás la sombra de mis cejas,
y tu sangre se irán a cada lado
disputando tu novia y las abejas.

Tu corazón, ya terciopelo ajado,
llama a un campo de almendras espumosas
45 mi avariciosa voz de enamorado.

A las aladas almas de las rosas
del almendro de nata te requiero,
que tenemos que hablar de muchas cosas,
compañero del alma, compañero.[7]

(10 de enero de 1936)

---

7 Ramón Sijé murió el 24 de diciembre de 1935 en Orihuela, y ello explica la
presencia en *El rayo que no cesa* (libro de poesía esencialmente amorosa) de
esta composición funeral, integrada en él a última hora, y separada del resto
del libro por una portadilla. Está unánimemente considerada como una de las
muestras más logradas de este género en la literatura española.

Poesía Impura

(1935-1936)

Como ya se apuntó anteriormente, estos poemas sueltos suponen una vía paralela a los de su etapa católica y los sonetos de *El rayo que no cesa*. En aquellos se va más allá de los metros y fórmulas tradicionales que presiden ese libro y sus colaboraciones en *El Gallo Crisis*. Gracias a la "poesía impura", Hernández ensaya nuevos temas y técnicas metafóricas, entregándose al verso libre y a la elaboración de imágenes irracionales y visionarias, que en ocasiones se acercan al surrealismo.

[40]

SONREÍDME

VENGO muy satisfecho de librarme
de la serpiente de las múltiples cúpulas,
la serpiente escamada de casullas[1] y cálices:
su cola puso acíbar[2] en mi boca, sus anillos verdugos
5   reprimieron y malaventuraron la nudosa sangre de mi corazón.
Vengo muy dolorido de aquel infierno de incensarios locos,
de aquella boba gloria: sonreídme.

Sonreídme, que voy
a donde estáis vosotros los de siempre,
10   los que cubrís de espigas y racimos la boca del que nos escupe,
los que conmigo en surcos, andamios, fraguas, hornos
os arrancáis la corona del sudor a diario.

Me libré de los templos: sonreídme,
donde me consumía con tristeza de lámpara
15   encerrado en el poco aire de los sagrarios.
Salté al monte de donde procedo,
a las viñas donde halla tanta hermana mi sangre,
a vuestra compañía de relativo barro.

---

1 *casulla*: vestidura abierta por lo alto y por los lados que el sacerdote se pone
sobre las demás para celebrar misa.
2 *acíbar*: planta de la que se extrae un jugo muy amargo.

Agrupo mi hambre, mis penas y estas cicatrices
20   que llevo de tratar piedras y hachas
a vuestras hambres, vuestras penas y vuestra herrada carne,
porque para calmar nuestra desesperación de toros castigados
habremos de agruparnos oceánicamente.

Nubes tempestuosas de herramientas
25   para un cielo de manos vengativas
no es preciso. Ya relampaguean
las hachas y las hoces con su metal crispado,
ya truenan los martillos y los mazos
sobre los pensamientos de los que nos han hecho
30   burros de carga y bueyes de labor.
Salta el capitalista de su cochino lujo,
huyen los arzobispos de sus mitras³ obscenas,
los notarios y los registradores de la propiedad
caen aplastados bajo furiosos protocolos,
35   los curas se deciden a ser hombres
y abierta ya la jaula donde actúa de león
queda el oro en la más espantosa miseria.

En vuestros puños quiero ver rayos contrayéndose,
quiero ver a la cólera tirándoos de las cejas,
40   la cólera me nubla todas las cosas dentro del corazón
sintiendo el martillazo del hambre en el ombligo,
viendo a mi hermana helarse mientras lava la ropa,
viendo a mi madre siempre en ayuno forzoso,
viéndoos en este estado capaz de impacientar
45   a los mismos corderos que jamás se impacientan.

Habrá que ver la tierra estercolada
con las injustas sangres,
habrá que ver la media vuelta fiera de la hoz ajustándose a las
                                      [nucas,
habrá que verlo todo noblemente impasibles,
50   habrá que hacerlo todo sufriendo un poco menos de lo que
                                    [ahora sufrimos bajo el hambre,

---

3 *mitra*: toca que se ponen arzobispos y obispos en las grandes solemnidades.

que nos hace alargar las inocentes manos animales
hacia el robo y el crimen salvadores. [1]

[41]

ODA ENTRE SANGRE Y VINO
A PABLO NERUDA

PARA CANTAR ¡qué rama terminante,
qué espeso aparte de escogida selva,
qué nido de botellas, pez y mimbres,
con qué sensibles ecos, la taberna!

5   Hay un rumor de fuente vigorosa
que yo me sé, que tú, sin un secreto,
con espumas creadas por los vasos
y el ansia de brotar y prodigarse.

En este aquí más íntimo que un alma,
10   más cárdeno[4] que un beso del invierno,
con vocación de púrpura y sagrario,
en este aquí te cito y te congrego,
de este aquí deleitoso te rodeo.

De corazón cargado, no de espaldas,
15   con una comitiva de sonrisas
llegas entre apariencias de océano
que ha perdido sus olas y sus peces
a fuerza de entregarlos a la red y a la playa.

---

4 *cárdeno*: de color entre rojo y morado.

1 Quizá sea ésta la más explícita toma de partido respecto a los suyos —los hu-
mildes— que salió de la pluma de Hernández en su etapa de mutación ideológica. Pero, aunque comparezcan ya los símbolos de su nueva orientación
política (martillos y hoces, ambos representativos del comunismo), puede re-
pararse hasta qué punto persisten los emblemas religiosos, incluso cuando se
ataca al catolicismo. Así, la serpiente aparece como iconografía del pecado y
las especies eucarísticas y el calvario —espigas, racimos y corona de sudor—
sirven para exaltar el mundo del trabajo.

Con la boca cubierta de raíces
que se adhieren al beso como ciempieses fieros,
pasas ante paredes que chorrean
capas de cardenales y arzobispos,
y mieras, arropías[5], humedades
que solicitan tu asistencia de árbol
para darte el valor de la dulzura.

Yo que he tenido siempre dos orígenes,
un antes de la leche en mi cabeza
y un presente de ubres en mis manos;
yo que llevo cubierta de montes la memoria
y de tierra vinícola la cara,
esta cara de surco articulado:
yo que quisiera siempre, siempre, siempre,
habitar donde habitan los collares:
en un fondo de mar o en un cuello de hembra,
oigo tu voz, tu propia caracola,
tu cencerro dispuesto a ser guitarra,
tu trompa de novillo destetado,
tu cuerno de sollozo invariable.

Viene a tu voz el vino episcopal,
alhaja de los besos y los vasos
informado de risas y solsticios,
y malogrando llantos y suicidios,
moviendo un rabo lleno de rubor y relámpagos,
nos relame, buey bueno, nos circunda
de lenguas tintas, de efusivo oriámbar[6],
barriles, cubas, cántaros, tinajas,
caracolas crecidas de cadera
sensibles a la música y al golpe,
y una líquida pólvora nos alumbra y nos mora,
y entonces le decimos al ruiseñor que beba
y su lengua será más fervorosa.

---

5 *arropía*: miel concentrada.
6 *oriámbar*: resina dorada y aromática.

Órganos liquidados, tórtolas y calandrias
exprimidas y labios desjugados;
imperios de granadas informales,
55   toros, sexos y esquilas derretidos,
desembocan temblando en nuestros dientes
e incorporan sus altos privilegios
con toda propiedad a nuestra sangre.

De nuestra sangre ahora surten crestas,
60   espolones, cerezas y amarantos;
nuestra sangre de sol sobre la trilla
vibra martillos, alimenta fraguas,
besos inculca, fríos aniquila,
ríos por desbravar, potros esgrime
65   y espira por los ojos, los dedos y las piernas
toradas desmandadas, chivos locos.

Corros en ascuas de irritadas siestas,
cuando todo tumbado es tregua y horizonte
menos la sangre siempre esbelta y laboriosa,
70   nos introducen en su atmósfera agrícola:
racimos asaltados por avispas coléricas
y abejorros tañidos; racimos revolcados
en esas delicadas polvaredas
que hacen en su alboroto mariposas y lunas;
75   culebras que se elevan y silban sometidas
a un régimen de luz dictatorial;
chicharras que conceden por sus élitros
aeroplanos, torrentes, cuchillos afilándose,
chicharras que anticipan la madurez del higo,
80   libran cohetes, elaboran sueños,
trenzas de esparto, flechas de insistencia
y un diluvio de furia universal.

Yo te veo entre vinos minerales
resucitando condes², desenterrando amadas,

---

2 Probable alusión a la antología del Conde de Villamediana que había preparado Neruda para *Cruz y raya.*

85   recomendando al sueño pellejos cabeceros,
        recomendables ubres múltiples de pezones,
        con una sencillez de bueyes que sestean.
        Cantas, sangras y cantas; te pones a sangrar
        y no son suficientes tus heridas
90   ni el vientre todo tallo donde tu sangre cuaja.
        Cantas, sangras y cantas.
        Sangras y te ensimismas
        como un cordero cuando pace o sueña.
        Y miras más allá de los allases
95   con las venas cargadas de mujeres y barcos,
        mostrando en cada parte de tus miembros
        la bipartida huella de una boca,
        la más dulce pezuña que ha pisado,
        mientras estás sangrando al compás de los grifos.

100   A la vuelta de ti, mientras cantas y estragas
        como una catarata que ha pasado
        por entrañas de aceros y mercurios,
        en tanto que demuestras desangrándote
        lo puro que es soltar las riendas a las venas,
105   y veo entre nosotros coincidencias de barro,
        referencias de ríos que dan vértigo y miedo
        porque son destructoras, casi rayos,
        sus corrientes que todo lo arrebatan;
        a la vuelta de ti, a la del vino,
110   millones de rebeldes al vino y a la sangre
        que miran boquiamargos, cejiserios,
        se van del sexo al cielo, santos tristes,
        negándole a las venas y a las viñas
        su desembocadura natural:
115   la entrepierna, la boca, la canción,
        cuando la vida pasa con las tetas al aire[3].

---

3 Al leer de esos "santos tristes" que "van del sexo al cielo", "boquiamargos" y
  "cejiserios", es difícil no pensar en Ramón Sijé, que disputaba al poeta chileno
  por estas fechas la tutela intelectual de Hernández.

Alrededor de ti y el vino, Pablo,
todo es chicharra loca de frotarse,
de darse a la canción y a los solsticios
120 hasta callar de pronto hecha pedazos,
besos de pura cepa, brazos que han comprendido
su destino de anillo, de pulsera: abrazar.

Luego te callas, pesas con tu gesto de hondero
que ha librado la piedra y la ha dejado
125 cuajada en un lucero persuasivo,
y vendimiando inconsolables lluvias,
procurando alegría y equilibrio,
te encomiendas al alba y las esquinas
donde describes letras y serpientes
130 con tu palma de orín[7] inacabable,
te arrancas las raíces que te nacen
en todo lo que tocas y contemplas
y sales a una tierra bajo la cual existen
yacimientos de cuernos, toreros y tricornios.[4]

[42]

ODA ENTRE ARENA Y PIEDRA
A VICENTE ALEIXANDRE

TU PADRE el mar te condenó a la tierra
dándote un asesino manotazo
que hizo llorar a los corales sangre.

Las afectuosas arenas de pana torturada,
5 siempre con sed y siempre silenciosas,

---

7 *orín*: aunque también puede significar "óxido", aquí equivale a "orina".

4 En este homenaje Miguel se aproxima voluntariamente al lenguaje y temática del universo literario nerudiano, hasta casi rozar el pastiche. Los dos motivos centrales son de cariz dionisíaco, el vino y la sangre, y constituyen algunos de los más recurrentes en este segmento de la obra hernandiana. Pero hay otros, como la caracola, las amapolas, y los de contenido erótico.

recibieron tu cuerpo con la herencia
de otro mar borrascoso dentro del corazón,
al mismo tiempo que una flor de conchas
deshojada de párpados y arrugada de siglos,
10   que hasta el nácar se arruga con el tiempo.

Lo primero que hiciste fue llorar en la costa,
donde soplando el agua hasta volverla iris polvoriento
tu padre se quedó despedazando su colérico amor
entre desesperados pataleos.

15   Abrupto amor del mar, que abruptas penas
provocó con su acción huracanada.
¿Dónde ir con tu sangre de mar exasperado,
con tu acento de mar y tu revuelta lengua clamorosa
de mar cuya ternura no comprenden las piedras?
20   ¿Dónde? Y fuiste a la tierra.

Y las vacas sonaron su caracol abundante
pariendo con los cuernos clavados en los estercoleros.
Las colinas, los pechos femeninos
y algunos corazones solitarios
25   se hicieron emisarios de las islas.
La sandía, tronando de alegría,
se abrió en múltiples cráteres
de abotonado hielo ensangrentado.
Y los melones, mezcla
30   de arrope asible y nieve atemperada,
a dulces cabezadas se toparon.

Pero aquí, en este mundo que se resuelve en hoyos,
donde la sangre ha de contarse por parejas,
las pupilas por cuatro y el deseo por millares,
35   ¿qué puede hacer tu sangre,
el castigo mayor que tu padre te impuso,
qué puede hacer tu corazón, engendro
de una ola y un sol tumultuosos?

Tiznarte y más tiznarte con las cejas
40   y las miradas negras de las demás criaturas,

llevarte de huracán en huracanes
mordiéndote los codos de cólera amorosa.

Labranzas, siembras, podas
y las otras fatigas de la tierra;
45   serpientes que preparan una piel anual,
nardos que dan las gracias oliendo a quien los cuida,
selvas con animales de rizado marfil
que anudan su deseo por varios días,
tan diferentemente de los chivos
50   cuyo amor es ejemplo de relámpagos,
toros de corazón tan dilatado
que pueden refugiar un picador desperezándose,
piedras, Vicente, piedras, hasta rebeldes piedras
que sólo el sol de agosto logra hacer corazones,
55   hasta inhumanas piedras
te llevan al olvido de tu nación: la espuma.

Pero la cicatriz más dura y vieja
reverdece en herida al menor golpe.
La sal, la ardiente sal que presa en el salero
60   hace memoria de su vida de pájaro y columpio,
llegando a casi líquida y azul en los días más húmedos;
sólo la sal, la siempre constelada,
te acuerda que naciste en un lecho de algas, marinero,
¡oh tú el más combatido por la tierra,
65   oh tú el más rodeado de erizados rastrojos!,
cuando toca tu lengua su astral polen.

Te recorre el Océano los huesos
relampagueando perdurablemente,
tu corazón se enjoya con peces y naufragios,
70   y con coral, retrato del esqueleto de tu corazón,
y el agua en plenilunio con alma de tronada
te sube por la sangre a la cabeza como un vino con alas
y desemboca, ya serena, por tus ojos.

Tu padre el mar te busca arrepentido
75   de haberte desterrado de su flotante corazón crispado,

el más hermoso imperio de la luna,
cada vez más amargo.
Un día ha de venir detrás de cualquier río
de esos que lo combaten insuficientemente,
80   arrebatando huevos a las águilas
y azúcar al panal que volverá salobre,
a desfilar desde tu boca atribulada
hasta tu pecho, ciudad de las estrellas.
Y al fin serás objeto de esa espuma
85   que tanto te lastima idolatrarla.[5]

[43]

VECINO DE LA MUERTE

PATIO de vecindad que nadie alquila
igual que un pueblo de panales secos;
pintadas de recuerdos y leche las paredes
a mi ventana emiten silencios y anteojos.

5   Aquí entro: aquí anduvo la muerte mi vecina
sesteando a la sombra de los sepultureros,
lamida por la lengua de un perro guarda-lápidas:
aquí, muy preservados del relente y las penas,
porfiaron los muertos con los muertos
10   rivalizando en huesos como en mármoles.

Oigo una voz de rostro desmayado,
unos cuervos que informan mi corazón de luto
haciéndome tragar húmedas ranas,
echándome a la cara los tornasoles trémulos
15   que devuelve en su espejo la inquietud.

---

5 Al igual que el dedicado a Neruda, este poema es un homenaje a Aleixandre
y su proceder literario. La infancia malagueña (la "ciudad del paraíso", como
la denominaría éste) proporciona un contexto marítimo a su persona, y así lo
retrata Miguel, mientras su panteísmo y vasto sentimiento de la naturaleza
inspira ese canto de la selva y lo instintivo que rezuman buena parte de los
versos hernandianos.

¿Qué queda en este campo secuestrado,
en estas minas de carbón y plomo,
de tantos enterrados por riguroso orden?

No hay nada sino un monte de riqueza explotado.
20 Los enterrados con bastón y mitra,
los altos personajes de la muerte,
las niñas que expiraron de sed por la entrepierna
donde jamás tuvieron un arado y dos bueyes,
los duros picadores pródigos de sus músculos
25 muertos con las heridas rodeadas de cuernos:
todos los destetados del aire y el amor
de un polvo huésped ahora se amamantan.

¿Y para quién están los tercos epitafios,
las alabanzas más sañudas,
30 formuladas a fuerza de cincel y mentiras,
atacando el silencio natural de las piedras,
todas con menoscabos y agujeros
de ser ramoneadas[8] con hambre y con constancia
por una amante oveja de dos labios?

35 ¿Y este espolón[9] constituido en gallo
irá a una sombra malgastada en mármol y ladrillo?
¿No cumplirá mi sangre su misión: ser estiércol?
¿Oiré cómo murmuran de mis huesos,
me mirarán con esa mirada de tinaja vacía
40 que da la muerte a todo el que la trata?
¿Me asaltarán espectros en forma de coronas,
funerarios nacidos del pecado
de un cirio y una caja boquiabierta?

Yo no quiero agregar pechuga al polvo:
45 me niego a su destino: ser echado a un rincón.
Prefiero que me coman los lobos y los perros,
que mis huesos actúen como estacas
para atar cerdos o picar espartos.

---

8 *ramonear*: pacer los animales las hojas de los ramos.
9 *espolón*: aquí, metáfora del sexo varonil.

El polvo es paz que llega con su bandera blanca
50   sobre los ataúdes y las cosas caídas,
pero bajo los pliegues un colmillo
de rabioso marfil contaminado
nos sigue a todas partes, nos vigila,
y apenas nos paramos nos inciensa de siglos,
55   nos reduce a cornisas y a santos arrumbados.

Y es que el polvo no es tierra.

La tierra es un amor dispuesto a ser un hoyo,
dispuesto a ser un árbol, un volcán y una fuente.

Mi cuerpo pide el hoyo que promete la tierra,
60   el hoyo desde el cual daré mis privilegios de león y nitrato
a todas las raíces que me tiendan sus trenzas.

Guárdate de que el polvo coloque dulcemente
su secular paloma en tu cabeza,
de que incube sus huevos en tus labios,
65   de que anide cayéndose en tus ojos,
de que habite tranquilo en tu vestido,
de aceptar sus herencias de notarías y templos.

Úsate en contra suya,
defiéndete de su callado ataque,
70   asústalo con besos y caricias,
ahuyéntalo con saltos y canciones,
mátalo rociándolo de vino, amor y sangre.

En esta gran bodega donde fermenta el polvo,
donde es inútil injerir sonrisas,
75   pido ser cuando quieto lo que no soy movido:
un vegetal sin ojos ni problemas,
cuajar, cuajar en algo más que en polvo,
como el sueño en estatua derribada;
que mis zapatos últimos demuestren ser cortezas,
80   que se produzcan cuarzos de mi encantada boca,
que se apoyen en mí sembrados y viñedos,
que me dediquen mosto las cepas por su origen.

Aquel barbecho lleno de inagotables besos,
aquella cuesta de uvas quiero tener encima
85   cuando descanse al fin de esta faena
de dar conversaciones, abrazos y pesares,
de cultivar cabellos, arrugas y esperanzas
y de sentir un yunque sobre cada deseo.

No quiero que me entierren donde me han de enterrar.

90   Haré un hoyo en el campo y esperaré a que venga
la muerte en dirección a mi garganta
con un cuerno, un tintero, un monaguillo
y un collar de cencerros castrados en la lengua,
para echarme puñados de mi especie.[6]

[44]

MI SANGRE ES UN CAMINO

ME EMPUJA a martillazos y a mordiscos,
me tira con bramidos y cordeles
del corazón, del pie, de los orígenes,
me clava en la garganta garfios dulces,
5   erizo entre mis dedos y mis ojos,

---

6 Como ya se indicó a propósito de "Imposible" (poema 5), una de las ideas centrales de la definitiva visión del mundo del poeta es la circulación ininterrumpida de sustancias vitales en todos los ciclos de la naturaleza. De acuerdo con tal estimación, aquellos factores que la favorecen (como la muerte, incluida la propia) son positivos; por el contrario, los que la dificultan (tabiques, ornatos, lápidas...) son de signo negativo. En esta nueva danza de la muerte (de intencionalidad panteísta), de nada valen al obispo o las doncellas sus previsibles privilegios en virtud de estamentos o virginidades; igualmente inútiles resultan epitafios, lápidas y herencias; sólo la materia, convertida en generoso estiércol destinado a nutrir nuevas vidas, conocerá redención. El polvo, insolidario y estéril —a diferencia de la tierra, toda sustancia expansiva— se agota en sí mismo y no propaga la vida. Y por eso el sujeto lírico se niega a ser "vecino de la muerte", a avecindarse en el nicho que le aprisionará en el cementerio, aislándole de la tierra solidaria a la que desea volver para, desde ella, revivir en la hierba, las cepas, el trigo y la naturaleza toda.

enloquece mis uñas y mis párpados,
rodea mis palabras y mi alcoba
de hornos y herrerías,
la dirección altera de mi lengua,
10　y sembrando de cera su camino
hace que caiga torpe y derretida.

Mujer, mira una sangre,
mira una blusa de azafrán en celo,
mira un capote líquido ciñéndose a mis huesos
15　como descomunales serpientes que me oprimen
acarreando angustia por mis venas.

Mira una fuente alzada de amorosos collares
y cencerros de voz atribulada
temblando de impaciencia por ocupar tu cuello,
20　un dictamen feroz, una sentencia,
una exigencia, una dolencia, un río
que por manifestarse se da contra las piedras,
y penden para siempre de mis
relicarios de carne desgarrada.

25　Mírala con sus chivos y sus toros suicidas
corneando cabestros y montañas,
rompiéndose los cuernos a topazos,
mordiéndose de rabia las orejas,
buscándose la muerte de la frente a la cola.

30　Manejando mi sangre enarbolando
revoluciones de carbón y yodo
agrupado hasta hacerse corazón,
herramientas de muerte, rayos, hachas,
y barrancos de espuma sin apoyo,
35　ando pidiendo un cuerpo que manchar.

Hazte cargo, hazte cargo
de una ganadería de alacranes
tan rencorosamente enamorados,
de un castigo infinito que me parió y me agobia
40　como un jornal cobrado en triste plomo.

La puerta de mi sangre está en la esquina
del hacha y de la piedra,
pero en ti está la entrada irremediable.

Necesito extender este imperioso reino,
prolongar a mis padres hasta la eternidad,
y tiendo hacia ti un puente de arqueados corazones
que ya se corrompieron y que aún laten.

No me pongas obstáculos que tengo que salvar,
no me siembres de cárceles,
no bastan cerraduras ni cementos,
no, a encadenar mi sangre de alquitrán inflamado
capaz de despertar calentura en la nieve.

¡Ay qué ganas de amarte contra un árbol,
ay qué afán de trillarte en una era,
ay qué dolor de verte por la espalda
y no verte la espalda contra el mundo!

Mi sangre es un camino ante el crepúsculo
de apasionado barro y charcos vaporosos
que tiene que acabar en tus entrañas,
un depósito mágico de anillos
que ajustar a tu sangre,
un sembrado de lunas eclipsadas
que han de aumentar sus calabazas íntimas,
ahogadas en un vino con canas en los labios,
al pie de tu cintura al fin sonora.

Guárdame de sus sombras que graznan fatalmente
girando en torno mío a picotazos,
girasoles de cuervos borrascosos.
No me consientas ir de sangre en sangre
como una bala loca,
no me dejes tronar solo y tendido.

Pólvora venenosa propagada,
ornado por los ojos de tristes pirotecnias,
panal horriblemente acribillado

75   con un mínimo rayo doliendo en cada poro,
        gremio fosforescente de acechantes tarántulas
        no me consientas ser. Atiende, atiende
        a mi desesperado sonreír,
        donde muerdo la hiel por sus raíces
80   por las lluviosas penas recorrido.
        Recibe esta fortuna sedienta de tu boca
        que para ti heredé de tanto padre.[7]

[45]

ÉGLOGA

> … o convertido en agua, aquí llorando, podréis allá
> despacio consolarme.
>
> Garcilaso

        Un claro caballero de rocío,
        un pastor, un guerrero de relente,
        eterno es bajo el Tajo; bajo el río
        de bronce decidido y transparente.

5   Como un trozo de puro escalofrío
        resplandece su cuello, fluye y yace,
        y un cernido[10] sudor sobre su frente
        le hace corona y tornasol le hace.

        El tiempo ni lo ofende ni lo ultraja,
10   el agua lo preserva del gusano,
        lo defiende del polvo, y lo amortaja
        y lo alhaja de arena grano a grano.

---

10 *cernido*: depurado, filtrado.

7 Este poema desarrolla la importancia de la sangre como gran río central al
que afluye la especie humana.

Un silencio de aliento toledano
lo cubre y lo corteja,
15   y sólo va un silencio a su persona
y en el silencio sólo hay una abeja.

Sobre su cuerpo el agua se emociona
y bate su cencerro circulante
lleno de hondas gargantas doloridas.

20   Hay en su sangre fértil y distante
un enjambre de heridas:
diez de soldado y las demás de amante.

Dulce y varón, parece desarmado
un dormido martillo de diamante,
25   su corazón un pez maravillado
y su cabeza rota
una granada de oro apedreado
con un dulce cerebro en cada gota.

Una efusiva y amorosa cota[11]
30   de mujeres de vidrio avaricioso,
sobre el alrededor de su cintura
con un cedazo[12] gris de nada pura
garbilla[13] el agua, selecciona y tañe,
para que no se enturbie ni se empañe
35   tan diáfano reposo
con ninguna porción de especie oscura.
El coro de sus manos merodea
en torno al caballero de hermosura
sin un dolor ni un arma,
40   y el de sus bocas de humedad rodea
su boca que aún parece que se alarma.

---

11 *cota*: coraza, defensa personal.
12 *cedazo*: red o tela que sirve para separar las partes más finas de las de mayor tamaño.
13 *garbillar*: separar con una criba o cedazo el mineral de la tierra.

En vano quiere el fuego hacer ceniza
tus descansadamente fríos huesos
que ha vuelto el agua juncos militares.
Se riza ilastimable y se desriza
el corazón aquel donde los besos
tantas lástimas fueron y pesares.

Diáfano y querencioso[14] caballero,
me siento atravesado del cuchillo
de tu dolor, y si lo considero
fue tu dolor tan grande y tan sencillo.
Antes de que la voz se me concluya,
pido a mi lengua el alma de la tuya
para descarriar entre las hojas
este dolor de recomida grama
que llevo, estas congojas
de puñal a mi silla y a mi cama.

Me ofende el tiempo, no me da la vida
al paladar ni un breve refrigerio
de afectuosa miel bien concebida,
y hasta el amor me sabe a cementerio.

Me quiero distraer de tanta herida.
Me da cada mañana
con decisión más firme
la desolada gana
de cantar, de llorar y de morirme.

Me quiero despedir de tanta pena,
cultivar los barbechos del olvido
y si no hacerme polvo, hacerme arena:
de mi cuerpo y su estruendo,
de mis ojos al fin desentendido,
sesteando, olvidando, sonriendo,
lejos del sentimiento y del sentido.

---

14 *querencioso*: movido a *querencia* (tendencia de hombres y animales a acogerse al lugar a que están acostumbrados).

A la orilla leal del leal Tajo
75 viene la primavera en este día
    a cumplir su trabajo
    de primavera afable, pero fría.

    Abunda en galanía
    y en párpados de nata
80 el madruguero almendro que comprende
    tan susceptible flor que un soplo mata
    y una mirada ofende.
    Nace la lana en paz y con cautela
    sobre el paciente cuello del ganado,
85 hace la rosa su quehacer y vuela
    y el lirio nace serio y desganado.

    Nada de cuanto miro y considero
    mi desaliento anima,
    si tú no eres, claro caballero.
90 Como un loco acendrado[15] te persigo:
    me cansa el sol, el viento me lastima
    y quiero ahogarme por vivir contigo.[8]

---

15 *acendrado*: depurado.

8 Ya desde la cita que encabeza el poema, e incluso desde el título, se trata de un homenaje a Garcilaso de la Vega, de cuya muerte se cumplía en 1936 el cuarto centenario. Apareció, en efecto, con este propósito en el número de la *Revista de Occidente* correspondiente a junio, y resulta fácil sorprender en él buen número de motivos garcilasistas, como el eco de los famosos versos "en el silencio sólo se escuchaba / un susurro de abejas que sonaba". Garcilaso celebró, especialmente en su Égloga III, Toledo y el río Tajo, a cuyas orillas unas ninfas (divinidades inferiores que vivían en estrecho contacto con la naturaleza) tejen primorosamente varias escenas mitológicas. Esas mismas ninfas pasan de los versos de Garcilaso a los de Hernández para cuidar del sepulcro acuático del primero en el fondo del Tajo, rodeándolo de una coraza de agua que preserva su hermosura (vv. 29-41). La "cabeza rota" (v. 26) al modo de "una granada de oro apedreado" alude a la muerte de Garcilaso, sobrevenida a causa de la piedra que le arrojaron desde una fortificación que intentaba asaltar en Provenza.

VIENTO DEL PUEBLO

(1937)

Viento del pueblo es un libro sin una estructura ·clara, un tanto miscelá-neo, y cuyos poemas resultan de difícil deslinde respecto a otros del ci-clo bélico, nunca recogidos en volumen por el propio poeta. Además de un prólogo a cargo del filólogo Tomás Navarro Tomás, titulado "Miguel Hernández, poeta campesino en las trincheras", llevaba una extensa de-dicatoria en prosa a Vicente Aleixandre, que venía a constituir una au-téntica exposición de motivos. Asimismo, iba ilustrado con muy signifi-cativas fotografías estrechamente relacionadas con los textos, por lo que debe editarse acompañado de ellas, como se ha hecho por primera vez en 1992 en la *Obra Completa* de Espasa Calpe.

[46]

ELEGÍA PRIMERA

A Federico García Lorca, poeta.

Atraviesa la muerte con herrumbrosas lanzas,
y en traje de cañón, las parameras
donde cultiva el hombre raíces y esperanzas,
y llueve sal, y esparce calaveras.

5   Verdura de las eras[1],
¿qué tiempo prevalece la alegría?
El sol pudre la sangre, la cubre de asechanzas
y hace brotar la sombra más sombría.

El dolor y su manto
10   vienen una vez más a nuestro encuentro.
Y una vez más al callejón del llanto
lluviosamente entro.

Siempre me veo dentro
de esta sombra de acíbar revocada,
15   amasada con ojos y bordones[1],

---

1 *bordones*: cuerdas superiores de la guitarra, que dan las notas graves.

1 "Verdura de las eras" es expresión tomada de otra famosa composición funeral, las *Coplas* de Jorge Manrique por la muerte de su padre, donde se emplea también como símbolo de la fugacidad.

que un candil de agonía tiene puesto a la entrada
y un rabioso collar de corazones.

Llorar dentro de un pozo,
en la misma raíz desconsolada
20   del agua, del sollozo,
del corazón quisiera:
donde nadie me viera la voz ni la mirada,
ni restos de mis lágrimas me viera.

Entro despacio, se me cae la frente
25   despacio, el corazón se me desgarra
despacio, y despaciosa y negramente
vuelvo a llorar al pie de una guitarra.

Entre todos los muertos de elegía,
sin olvidar el eco de ninguno,
30   por haber resonado más en el alma mía,
la mano de mi llanto escoge uno.

Federico García
hasta ayer se llamó: polvo se llama.
Ayer tuvo un espacio bajo el día
35   que hoy el hoyo le da bajo la grama.

¡Tanto fue! ¡Tanto fuiste y ya no eres!
Tu agitada alegría,
que agitaba columnas y alfileres,
de tus dientes arrancas y sacudes,
40   y ya te pones triste, y sólo quieres
ya el paraíso de los ataúdes.

Vestido de esqueleto,
durmiéndote de plomo,
de indiferencia armado y de respeto,
45   te veo entre tus cejas si me asomo.

Se ha llevado tu vida de palomo,
que ceñía de espuma
y de arrullos el cielo y las ventanas,
como un raudal de pluma
50   el viento que se lleva las semanas.

Primo de las manzanas,
no podrá con tu savia la carcoma,
no podrá con tu muerte la lengua del gusano,
y para dar salud fiera a su poma[2]
55   elegirá tus huesos el manzano.

Cegado el manantial de tu saliva,
hijo de la paloma,
nieto del ruiseñor y de la oliva:
serás, mientras la tierra vaya y vuelva,
60   esposo siempre de la siempreviva,
estiércol padre de la madreselva.

¡Qué sencilla es la muerte: qué sencilla,
pero qué injustamente arrebatada!
No sabe andar despacio, y acuchilla
65   cuando menos se espera su turbia cuchillada.

Tú, el más firme edificio, destruido,
tú, el gavilán más alto, desplomado,
tú, el más grande rugido,
callado, y más callado, y más callado.

70   Caiga tu alegre sangre de granado,
como un derrumbamiento de martillos feroces,
sobre quien te detuvo mortalmente.
Salivazos y hoces
caigan sobre la mancha de su frente.

75   Muere un poeta y la creación se siente
herida y moribunda en las entrañas.
Un cósmico temblor de escalofríos
mueve temiblemente las montañas,
un resplandor de muerte la matriz de los ríos.

80   Oigo pueblos de ayes y valles de lamentos,
veo un bosque de ojos nunca enjutos,

---

2 *poma*: manzana.

avenidas de lágrimas y mantos:
y en torbellinos de hojas y de vientos,
lutos tras otros lutos y otros lutos,
85   llantos tras otros llantos y otros llantos.

No aventarán, no arrastrarán tus huesos,
volcán de arrope, trueno de panales,
poeta entretejido, dulce, amargo,
que el calor de los besos
90   sentiste, entre dos largas hileras de puñales,
largo amor, muerte larga, fuego largo.

Por hacer a tu muerte compañía,
vienen poblando todos los rincones
del cielo y de la tierra bandadas de armonía,
95   relámpagos de azules vibraciones.
Crótalos[3] granizados a montones,
batallones de flautas, panderos y gitanos,
ráfagas de abejorros y violines,
tormentas de guitarras y pianos,
100   irrupciones de trompas y clarines.

Pero el silencio puede más que tanto instrumento.

Silencioso, desierto, polvoriento
en la muerte desierta,
parece que tu lengua, que tu aliento,
105   los ha cerrado el golpe de una puerta.

Como si paseara con tu sombra,
paseo con la mía
por una tierra que el silencio alfombra,
que el ciprés apetece más sombría.

110   Rodea mi garganta tu agonía
como un hierro de horca
y pruebo una bebida funeraria.

---

3 *crótalos*: especie de castañuelas.

Tú sabes, Federico García Lorca,
que soy de los que gozan una muerte diaria.[2]

[47]

VIENTOS DEL PUEBLO ME LLEVAN

VIENTOS del pueblo me llevan,
vientos del pueblo me arrastran,
me esparcen el corazón
y me aventan la garganta.

5   Los bueyes doblan la frente,
impotentemente mansa,
delante de los castigos:
los leones la levantan
y al mismo tiempo castigan
10   con su clamorosa zarpa.

No soy de un pueblo de bueyes,
que soy de un pueblo que embargan
yacimientos de leones,
desfiladeros de águilas
15   y cordilleras de toros
con el orgullo en el asta.
Nunca medraron los bueyes
en los páramos de España.

¿Quién habló de echar un yugo
20   sobre el cuello de esta raza?
¿Quién ha puesto al huracán
jamás ni yugos ni trabas,

---

2 Federico García Lorca fue asesinado el 19 de agosto de 1936 en las cercanías
de su tierra natal, a diez quilómetros de Granada (de ahí el verso 70, "caiga tu
alegre sangre de granado"). Si Miguel califica esta elegía de "primera" es porque en el libro hay otras, como la "Elegía segunda", dedicada al cubano Pablo de la Torriente Brau.

ni quién al rayo detuvo
prisionero en una jaula?

25   Asturianos de braveza,
vascos de piedra blindada,
valencianos de alegría
y castellanos de alma,
labrados como la tierra
30   y airosos como las alas;
andaluces de relámpagos,
nacidos entre guitarras
y forjados en los yunques
torrenciales de las lágrimas;
35   extremeños de centeno,
gallegos de lluvia y calma,
catalanes de firmeza,
aragoneses de casta,
murcianos de dinamita
40   frutalmente propagada,
leoneses, navarros, dueños
del hambre, el sudor y el hacha,
reyes de la minería,
señores de la labranza,
45   hombres que entre las raíces,
como raíces gallardas,
vais de la vida a la muerte,
vais de la nada a la nada:
yugos os quieren poner
50   gentes de la hierba mala,
yugos que habéis de dejar
rotos sobre sus espaldas.
Crepúsculo de los bueyes
está despuntando el alba.

55   Los bueyes mueren vestidos
de humildad y olor de cuadra:
las águilas, los leones
y los toros de arrogancia,
y detrás de ellos, el cielo

60   ni se enturbia ni se acaba.
        La agonía de los bueyes
        tiene pequeña la cara,
        la del animal varón
        toda la creación agranda.

65   Si me muero, que me muera
        con la cabeza muy alta.
        Muerto y veinte veces muerto,
        la boca contra la grama,
        tendré apretados los dientes
70   y decidida la barba.

        Cantando espero a la muerte,
        que hay ruiseñores que cantan
        encima de los fusiles
        y en medio de las batallas.[3]

[48]

EL NIÑO YUNTERO

CARNE de yugo, ha nacido
más humillado que bello,
con el cuello perseguido
por el yugo para el cuello.

---

3 Este romance es uno de los más representativos del libro, pues no en vano le
   da título y abunda en el tono de exaltación y optimismo que corresponde a la
   primera etapa de la guerra, en que la victoria se pretendía cercana. Sin embargo, frente a esta versión 'oficial', su borrador, lleno de tachaduras, dista
   mucho de ser un ejemplo de literatura de propaganda, y arroja no poca luz
   sobre las dudas que atribulaban a su autor, con versos tan significativos como
   éstos: "A veces me dan anhelos / de dormirme bajo el agua / y de despertar
   jamás / y no saber más de mí / mañana por la mañana", hasta culminar en el
   verso "España, jamás te salvas" que, a la altura de 1936, nos muestra ya las
   tendencias que estallarán abiertamente en 1939 con *El hombre acecha*. Expre-
   siones de desaliento que la autocensura le impidió dar por buenos, y que
   nunca llegaría a publicar.

5   Nace, como la herramienta,
a los golpes destinado,
de una tierra descontenta
y un insatisfecho arado.

Entre estiércol puro y vivo
10   de vacas, trae a la vida
un alma color de olivo
vieja ya y encallecida.

Empieza a vivir, y empieza
a morir de punta a punta
15   levantando la corteza
de su madre con la yunta.

Empieza a sentir, y siente
la vida como una guerra,
y a dar fatigosamente
20   en los huesos de la tierra.

Contar sus años no sabe,
y ya sabe que el sudor
es una corona grave
de sal para el labrador.

25   Trabaja, y mientras trabaja
masculinamente serio,
se unge[4] de lluvia y se alhaja
de carne de cementerio.

A fuerza de golpes, fuerte,
30   y a fuerza de sol, bruñido,
con una ambición de muerte
despedaza un pan reñido.

Cada nuevo día es
más raíz, menos criatura,

---

4 *ungir*: untar de óleo sagrado a una persona para consagrarle en alguna alta dignidad, o para administrarle un sacramento. El término tiene aquí carácter simbólico.

35   que escucha bajo sus pies
la voz de la sepultura.

Y como raíz se hunde
en la tierra lentamente
para que la tierra inunde
40   de paz y panes su frente.

Me duele este niño hambriento
como una grandiosa espina,
y su vivir ceniciento
revuelve mi alma de encina.

45   Lo veo arar los rastrojos,
y devorar un mendrugo,
y declarar con los ojos
que por qué es carne de yugo.

Me da su arado en el pecho,
50   y su vida en la garganta,
y sufro viendo el barbecho
tan grande bajo su planta.

¿Quién salvará este chiquillo
menor que un grano de avena?
55   ¿De dónde saldrá el martillo
verdugo de esta cadena?

Que salga del corazón
de los hombres jornaleros,
que antes de ser hombres son
60   y han sido niños yunteros.[4]

---

4 Poema de trasfondo autobiográfico, se alza contra el fatalismo de esas vidas
destinadas desde la infancia a un trabajo humillante y sin horizontes. De ese
modo, se pretende hacer llegar a los combatientes las razones por las que luchan, y va más allá de las meras manifestaciones circunstanciales. Su alcance
queda de relieve en algunas prosas que redacta en paralelo, como la titulada
"La lucha y la vida del campesino español", escrita y fechada en Jaén el 4 de
marzo de 1937: "No creo que el fatalismo andaluz de que tanto se habla tenga

[49]

ACEITUNEROS

Andaluces de Jaén,
aceituneros altivos,
decidme en el alma: ¿quién,
quién levantó los olivos?

5   No los levantó la nada,
ni el dinero, ni el señor,
sino la tierra callada,
el trabajo y el sudor.

Unidos al agua pura
10   y a los planetas unidos,
los tres dieron la hermosura
de los troncos retorcidos.

Levántate, olivo cano,
dijeron al pie del viento.
15   Y el olivo alzó una mano
poderosa de cimiento.

Andaluces de Jaén,
aceituneros altivos,
decidme en el alma: ¿quién
20   amamantó los olivos?

---

su origen en su naturaleza de reminiscencias árabes... Ha sido una existencia
muy arrastrada la suya hasta hoy. Apenas salía del vientre de su madre cuando
empezaba a probar el dolor. En cuanto ha sabido andar, ha sido arrojado al
trabajo, brutal para el niño, de la tierra. El hambre le ha mordido a diario. Los
palos han abundado sobre sus espaldas". O el titulado "El hijo del pobre", que
se orienta en la misma dirección: "Al hijo del rico se le daba a escoger títulos
y carreras: al hijo del pobre siempre se le ha obligado a ser mulo de carga de
todos los oficios... Se le ha empujado contra el barbecho, contra el yunque,
contra el andamio; se le ha obligado a empuñar una herramienta que, tal vez,
no le correspondía... Han pasado mis ojos por los pueblos de España: ¿qué
han visto? Junto a los hombres tristes y gastados de trabajar y mal comer, los
niños yunteros, mineros, herreros, albañiles, ferozmente contagiados por el
gesto de sus padres: los niños con cara de ancianos y ojos de desgracia".

Vuestra sangre, vuestra vida,
no la del explotador
que se enriqueció en la herida
generosa del sudor.

25 No la del terrateniente
que os sepultó en la pobreza,
que os pisoteó la frente,
que os redujo la cabeza.

Árboles que vuestro afán
30 consagró al centro del día
eran principio de un pan
que sólo el otro comía.

¡Cuántos siglos de aceituna,
los pies y las manos presos,
35 sol a sol y luna a luna,
pesan sobre vuestros huesos!

Andaluces de Jaén,
aceituneros altivos,
pregunta mi alma: ¿de quién,
40 de quién son estos olivos?

Jaén, levántate brava
sobre tus piedras lunares,
no vayas a ser esclava
con todos tus olivares.

45 Dentro de la claridad
del aceite y sus aromas,
indican tu libertad
la libertad de tus lomas.[5]

---

5 Miguel Hernández estuvo al frente del servicio de propaganda del ejército republicano que atendía Andalucía y tenía su cuartel general en Jaén, de donde era natural su mujer. Y la desgana que percibía en la retaguardia de aquel lugar le movió a esta arenga en la que exhorta a los jornaleros al combate a través de uno de los más característicos árboles de aquella tierra: el olivo.

[50]

LAS MANOS

DOS ESPECIES de manos se enfrentan en la vida,
brotan del corazón, irrumpen por los brazos,
saltan, y desembocan sobre la luz herida
a golpes, a zarpazos.

5   La mano es la herramienta del alma, su mensaje,
y el cuerpo tiene en ella su rama combatiente.
Alzad, moved las manos en un gran oleaje,
hombres de mi simiente.

Ante la aurora veo surgir las manos puras
10   de los trabajadores terrestres y marinos,
como una primavera de alegres dentaduras,
de dedos matutinos.

Endurecidamente pobladas de sudores,
retumbantes las venas desde las uñas rotas,
15   constelan los espacios de andamios y clamores,
relámpagos y gotas.

Conducen herrerías, azadas y telares,
muerden metales, montes, raptan hachas, encinas,
y construyen, si quieren, hasta en los mismos mares
20   fábricas, pueblos, minas.

Estas sonoras manos oscuras y lucientes
las reviste una piel de invencible corteza,
y son inagotables y generosas fuentes
de vida y de riqueza.

25   Como si con los astros el polvo peleara,
como si los planetas lucharan con gusanos,
la especie de las manos trabajadora y clara
lucha con otras manos.

Feroces y reunidas en un bando sangriento,
30   avanzan al hundirse los cielos vespertinos

unas manos de hueso lívido y avariento,
paisaje de asesinos.

No han sonado: no cantan. Sus dedos vagan roncos,
mudamente aletean, se ciernen, se propagan.
35   Ni tejieron la pana, ni mecieron los troncos,
y blandas de ocio vagan.

Empuñan crucifijos y acaparan tesoros
que a nadie corresponden sino a quien los labora,
y sus mudos crepúsculos absorben los sonoros
40   caudales de la aurora.

Orgullo de puñales, arma de bombardeos
con un cáliz, un crimen y un muerto en cada uña:
ejecutoras pálidas de los negros deseos
que la avaricia empuña.

45   ¿Quién lavará estas manos fangosas que se extienden
al agua y la deshonran, enrojecen y estragan?
Nadie lavará manos que en el puñal se encienden
y en el amor se apagan.

Las laboriosas manos de los trabajadores
50   caerán sobre vosotras con dientes y cuchillas.
Y las verán cortadas tantos explotadores
en sus mismas rodillas.

[51]

EL SUDOR

EN EL MAR halla el agua su paraíso ansiado
y el sudor su horizonte, su fragor, su plumaje.
El sudor es un árbol desbordante y salado,
un voraz oleaje.

5   Llega desde la edad del mundo más remota
a ofrecer a la tierra su copa sacudida,
a sustentar la sed y la sal gota a gota,
a iluminar la vida.

Hijo del movimiento, primo del sol, hermano
10 de la lágrima, deja rodando por las eras,
del abril al octubre, del invierno al verano,
áureas enredaderas.

Cuando los campesinos van por la madrugada
a favor de la esteva[5] removiendo el reposo,
15 se visten una blusa silenciosa y dorada
de sudor silencioso.

Vestidura de oro de los trabajadores,
adorno de las manos como de las pupilas.
Por la atmósfera esparce sus fecundos olores
20 una lluvia de axilas.

El sabor de la tierra se enriquece y madura:
caen los copos del llanto laborioso y oliente,
maná de los varones y de la agricultura,
bebida de mi frente.

25 Los que no habéis sudado jamás, los que andáis yertos
en el ocio sin brazos, sin música, sin poros,
no usaréis la corona de los poros abiertos
ni el poder de los toros.

Viviréis maloliendo, moriréis apagados:
30 la encendida hermosura reside en los talones
de los cuerpos que mueven sus miembros trabajados
como constelaciones.

Entregad al trabajo, compañeros, las frentes:
que el sudor, con su espada de sabrosos cristales,
35 con sus lentos diluvios, os hará transparentes,
venturosos, iguales.[6]

---

5 *esteva*: pieza del arado romano sobre la que se apoya la mano del arador para guiar y sujetar el arado.

6 Este fluido corporal, habitualmente considerado poco noble, es celebrado por Hernández en la línea de la "poesía impura". En la medida que supone una consecuencia del trabajo, se dignifica como emblema proletario. Además, su

[52]

CANCIÓN DEL ESPOSO SOLDADO

HE POBLADO tu vientre de amor y sementera,
he prolongado el eco de sangre a que respondo
y espero sobre el surco como el arado espera:
he llegado hasta el fondo.

5　　Morena de altas torres, alta luz y ojos altos,
esposa de mi piel, gran trago de mi vida,
tus pechos locos crecen hacia mí dando saltos
de cierva concebida.

Ya me parece que eres un cristal delicado,
10　　temo que te me rompas al más leve tropiezo,
y a reforzar tus venas con mi piel de soldado
fuera como el cerezo.

Espejo de mi carne, sustento de mis alas,
te doy vida en la muerte que me dan y no tomo.
15　　Mujer, mujer, te quiero cercado por las balas,
ansiado por el plomo.

Sobre los ataúdes feroces en acecho,
sobre los mismos muertos sin remedio y sin fosa
te quiero, y te quisiera besar con todo el pecho
20　　hasta en el polvo, esposa.

Cuando junto a los campos de combate te piensa
mi frente que no enfría ni aplaca tu figura,
te acercas hacia mí como una boca inmensa
de hambrienta dentadura.

25　　Escríbeme a la lucha, siénteme en la trinchera:
aquí con el fusil tu nombre evoco y fijo,

---

sabor salado lo emparenta con la lágrima y el mar, dotándolo de una dimensión cósmica y grandiosa, casi una fuerza o circuito de la naturaleza, que trasciende lo individual hasta convertirse en diluvio o constelación.

y defiendo tu vientre de pobre que me espera,
y defiendo tu hijo.

Nacerá nuestro hijo con el puño cerrado,
30   envuelto en un clamor de victoria y guitarras,
y dejaré a tu puerta mi vida de soldado
sin colmillos ni garras.

Es preciso matar para seguir viviendo.
Un día iré a la sombra de tu pelo lejano,
35   y dormiré en la sábana de almidón y de estruendo
cosida por tu mano.

Tus piernas implacables al parto van derechas,
y tu implacable boca de labios indomables,
y ante mi soledad de explosiones y brechas
40   recorres un camino de besos implacables.

Para el hijo será la paz que estoy forjando.
Y al fin en un océano de irremediables huesos
tu corazón y el mío naufragarán, quedando
una mujer y un hombre gastados por los besos.[7]

---

7 Este poema surge al confirmarle a Miguel su esposa mediante una carta que espera su primer hijo, que nacerá el 19 de diciembre. A vuelta de correo, el poeta le escribe estas líneas el 7 de mayo de 1937: "Ya me parece que eres cristal y que en cuanto te des un golpe, por pequeño que sea, te vas a romper, te vas a malograr, me voy a quedar sin ti". En él pueden sorprenderse algunos de los más afortunados versos de *Viento del pueblo*, en los que lo circunstancial y lo individual se sobrepasan ampliamente para acceder al plano colectivo, de tal modo que cualquier soldado que estuviera en las trincheras, lejos de su mujer, podía reconocerse sin dificultad. Su métrica, sin embargo, es harto complicada, lejos del tópico e inevitable romance al uso: alejandrinos que se agrupan en serventesios de pie quebrado y rima consonante y organizados al compás de un ritmo de auténtico virtuoso, lleno todo él de las más depuradas resonancias. Reverberaciones no sólo de lo popular, sino de fray Luis de León ("Mis pechos son torre bien fundada" dice la Esposa en su versión del *Cantar de los cantares*, antes de que Miguel hable de esta "morena de altas torres"); de San Juan de la Cruz (ya desde el título, o sea "cierva concebida"); de Jorge Manrique ("gran trago de mi vida"); de Neruda (el cerezo que revienta su piel por exceso de savia procede de los poemas "Melancolía de las familias" y "Materia nupcial", de *Residencia en la tierra*); de Espronceda ("abre su seno hambriento el ataúd", puede leerse en *El diablo mundo*)...

EL HOMBRE ACECHA
(1939)

Este libro fue el último que su autor pudo ordenar para la imprenta, y uno de los dos de versos que se cuidó de estructurar (el otro es, obviamente, *El rayo que no cesa*). Para ello colocó, tras la dedicatoria a Pablo Neruda, una "Canción Primera" de tonalidad intimista, que va en cursiva y en heptasílabos, seguida de ocho poemas de arte mayor y registro épico; una composición central, a modo de bisagra, titulada "Carta", reitera ese aire menor y recogido, recuperando en cursivas y a modo de estribillo un viejo poema amoroso en octosílabos; siguen otros ocho poemas de más sostenido aliento; y el conjunto se cierra con una "Canción última" que, de nuevo en cursivas y heptasílabos, insiste en un tono desalentado y mucho menos militante y optimista que *Viento del pueblo*.

[53]

CANCIÓN PRIMERA

Se ha retirado el campo
al ver abalanzarse
crispadamente al hombre.

¡Qué abismo entre el olivo
y el hombre se descubre!

El animal que canta:
el animal que puede
llorar y echar raíces,
rememoró sus garras.

Garras que revestía
de suavidad y flores,
pero que, al fin, desnuda
en toda su crueldad.

Crepitan en mis manos.
Aparta de ellas, hijo.
Estoy dispuesto a hundirlas,
dispuesto a proyectarlas
sobre tu carne leve.

He regresado al tigre.
Aparta, o te destrozo.

Hoy el amor es muerte,
y el hombre acecha al hombre.[1]

[54]

EL HERIDO

Para el muro de un hospital
de sangre.

I

POR LOS CAMPOS luchados se extienden los heridos.
Y de aquella extensión de cuerpos luchadores
salta un trigal de chorros calientes, extendidos
en roncos surtidores.

5   La sangre llueve siempre boca arriba, hacia el cielo.
Y las heridas suenan igual que caracolas,
cuando hay en las heridas celeridad de vuelo,
esencia de las olas.

La sangre huele a mar, sabe a mar y a bodega.
10   La bodega del mar, del vino bravo, estalla
allí donde el herido palpitante se anega,
y florece, y se halla.

Herido estoy, miradme: necesito más vidas.
La que contengo es poca para el gran cometido
15   de sangre que quisiera perder por las heridas.
Decid quién no fue herido.

Mi vida es una herida de juventud dichosa.
¡Ay de quien no está herido, de quien jamás se siente

---

1 La guerra pasa factura a la condición humana que en ella ha naufragado, pudiendo tomarse como vaga referencia aquella sentencia difundida por el filó-
sofo y tratadista político inglés Thomas Hobbes (1588-1679), según la cual el
hombre es un lobo para el hombre. Y de ella deriva el título del libro.

20 herido por la vida, ni en la vida reposa
    herido alegremente!

Si hasta los hospitales se va con alegría,
se convierten en huertos de heridas entreabiertas,
de adelfos florecidos ante la cirujía
de ensangrentadas puertas.

II

25 Para la libertad sangro, lucho, pervivo.
    Para la libertad, mis ojos y mis manos,
    como un árbol carnal, generoso y cautivo,
    doy a los cirujanos.

    Para la libertad siento más corazones
30 que arenas en mi pecho: dan espuma mis venas,
    y entro en los hospitales, y entro en los algodones
    como en las azucenas.

    Para la libertad me desprendo a balazos
    de los que han revolcado su estatua por el lodo.
35 Y me desprendo a golpes de mis pies, de mis brazos,
    de mi casa, de todo.

    Porque donde unas cuencas vacías amanezcan,
    ella pondrá dos piedras de futura mirada,
    y hará que nuevos brazos y nuevas piernas crezcan
40 en la carne talada.

    Retoñarán aladas de savia sin otoño
    reliquias de mi cuerpo que pierdo a cada herida.
    Porque soy como el árbol talado, que retoño:
    porque aún tengo la vida.[2]

---

2 Como reza el lema que la encabeza, esta composición estaba destinada al muro de un hospital, y trata de infundir moral a los allí convalecientes apelando
a una de las ideas básicas de la obra del poeta: la sangre como uno de los ve-
hículos de fraternidad a través del fluir de las generaciones y de la tierra común que las comunica y sustenta, casi como una Comunión de los Santos que
da sentido a la lucha que se libra para defender ese suelo del enemigo y de

[55]

CARTA

EL PALOMAR de las cartas
abre su imposible vuelo
desde las trémulas mesas
donde se apoya el recuerdo,
5   la gravedad de la ausencia,
el corazón, el silencio.

Oigo un latido de cartas
navegando hacia su centro.

Donde voy, con las mujeres
10   y con los hombres me encuentro,
malheridos por la ausencia,
desgastados por el tiempo.

Cartas, relaciones, cartas:
tarjetas postales, sueños,
15   fragmentos de la ternura,
proyectados en el cielo,
lanzados de sangre a sangre
y de deseo a deseo.

Aunque bajo la tierra
20   *mi amante cuerpo esté,*
escríbeme a la tierra,
que yo te escribiré.

En un rincón enmudecen
cartas viejas, sobres viejos,
25   con el color de la edad
sobre la escritura puesto.

---

los invasores que lo apoyan. De ahí las metáforas agrícolas, que convierten
las heridas en trigales y en huertos los hospitales. Y en la parte segunda se insiste, justamente, en la causa que justifica el derramamiento de sangre: la libertad.

Allí perecen las cartas
llenas de estremecimientos.
Allí agoniza la tinta
30 y desfallecen los pliegos,
y el papel se agujerea
como un breve cementerio
de las pasiones de antes,
de los amores de luego.

35 *Aunque bajo la tierra*
mi amante cuerpo esté,
escríbeme a la tierra,
que yo te escribiré.

Cuando te voy a escribir
40 se emocionan los tinteros:
los negros tinteros fríos
se ponen rojos y trémulos,
y un claro calor humano
sube desde el fondo negro.

45 Cuando te voy a escribir,
te van a escribir mis huesos:
te escribo con la imborrable
tinta de mi sentimiento.

Allá va mi carta cálida,
50 paloma forjada al fuego,
con las dos alas plegadas
y la dirección en medio.
Ave que sólo persigue,
para nido y aire y cielo,
55 carne, manos, ojos tuyos,
y el espacio de tu aliento.

Y te quedarás desnuda
dentro de tus sentimientos,
sin ropa, para sentirla
60 del todo contra tu pecho.

Aunque bajo la tierra
mi amante cuerpo esté,
escríbeme a la tierra,
que yo te escribiré.

65   Ayer se quedó una carta
abandonada y sin dueño,
volando sobre los ojos
de alguien que perdió su cuerpo.
Cartas que se quedan vivas
70   hablando para los muertos:
papel anhelante, humano,
sin ojos que puedan serlo.

Mientras los colmillos crecen,
cada vez más cerca siento
75   la leve voz de tu carta
igual que un clamor inmenso.
La recibiré dormido,
si no es posible despierto.
Y mis heridas serán
80   los derramados tinteros,
las bocas estremecidas
de rememorar tus besos,
y con una inaudita voz
han de repetir: *te quiero.*[3]

---

3 Esta composición, que —junto a la "Canción primera" y la "Canción última"— debió ser añadida al libro a última hora, se parece ya más a las del *Cancionero y romancero de ausencias* que a sus vecinas en *El hombre acecha*. Se conservan borradores mucho más pesimistas y tétricos, y su estribillo se ha tomado de "Tus cartas son un vino" (poema 28), perteneciente a la etapa de su noviazgo con Josefina Manresa. De registro mucho más desnudo, logrado y sincero que otros del ciclo bélico, las cartas están presentadas en este hermoso poema como un palomar estremecido, tanto por la forma del sobre, con sus alas desplegadas, como por el valor de mensajería de un ave que simboliza, por otro lado, la paz.

[56]

LAS CÁRCELES

I

LAS CÁRCELES se arrastran por la humedad del mundo,
van por la tenebrosa vía de los juzgados:
buscan a un hombre, buscan a un pueblo, lo persiguen,
lo absorben, se lo tragan.

5 No se ve, que se escucha la pena del metal,
el sollozo del hierro que atropellan y escupen:
el llanto de la espada puesta sobre los jueces
de cemento fangoso.

Allí, bajo la cárcel, la fábrica del llanto,
10 el telar de la lágrima que no ha de ser estéril,
el casco de los odios y de las esperanzas,
fabrican, tejen, hunden.

Cuando están las perdices más roncas y acopladas,
y el azul amoroso de fuerzas expansivas,
15 un hombre hace memoria de la luz, de la tierra,
húmedamente negro.

Se da contra las piedras la libertad, el día,
el paso galopante de un hombre, la cabeza,
la boca con espuma, con decisión de espuma,
20 la libertad, un hombre.

Un hombre que cosecha y arroja todo el viento
desde su corazón donde crece un plumaje:
un hombre que es el mismo dentro de cada frío,
de cada calabozo.

25 Un hombre que ha soñado con las aguas del mar,
y destroza sus alas como un rayo amarrado,
y estremece las rejas, y se clava los dientes
en los dientes de trueno.

II

Aquí no se pelea por un buey desmayado,
30   sino por un caballo que ve pudrir sus crines,
y siente sus galopes debajo de los cascos
pudrirse airadamente.

Limpiad el salivazo que lleva en la mejilla,
y desencadenad el corazón del mundo,
35   y detened las fauces de las voraces cárceles
donde el sol retrocede.

La libertad se pudre desplumada en la lengua
de quienes son sus siervos más que sus poseedores.
Romped esas cadenas, y las otras que escucho
40   detrás de esos esclavos.

Esos que sólo buscan abandonar su cárcel,
su rincón, su cadena, no la de los demás.
Y en cuanto lo consiguen, descienden pluma a pluma,
enmohecen, se arrastran.

45   Son los encadenados por siempre desde siempre.
Ser libre es una cosa que sólo un hombre sabe:
sólo el hombre que advierto dentro de esa mazmorra
como si yo estuviera.

Cierra las puertas, echa la aldaba, carcelero.
50   Ata duro a ese hombre: no le atarás el alma.
Son muchas llaves, muchos cerrojos, injusticias:
no le atarás el alma.

Cadenas, sí: cadenas de sangre necesita.
Hierros venosos, cálidos, sanguíneos eslabones,
55   nudos que no rechacen a los nudos siguientes
humanamente atados.

Un hombre aguarda dentro de un pozo sin remedio,
tenso, conmocionado, con la oreja aplicada.
Porque un pueblo ha gritado ¡libertad!, vuela el cielo.
60   Y las cárceles vuelan.[4]

---

4 Aunque desde nuestra perspectiva actual nos resulte muy difícil no leer estos
versos como una premonición de las cárceles que esperaban a Hernández, un

[57]

PUEBLO

PERO ¿qué son las armas: qué pueden, quién ha dicho?
Signo de cobardía son: las armas mejores
aquellas que contienen el proyectil de hueso
son. Mírate las manos.

5   Las ametralladoras, los aeroplanos, pueblo:
todos los armamentos son nada colocados
delante de la terca bravura que resopla
en tu esqueleto fijo.

Porque un cañón no puede lo que pueden diez dedos:
10 porque le falta el fuego que en los brazos dispara
un corazón que viene distribuyendo chorros
hasta grabar un hombre.

Poco valen las armas que la sangre no nutre
ante un pueblo de pómulos noblemente dispuestos,
15 poco valen las armas: les falta voz y frente,
les sobra estruendo y humo.

Poco podrán las armas: les falta corazón.
Separarán de pronto dos cuerpos abrazados,
pero los cuatro brazos avanzarán buscándose
20 enamoradamente.

Arrasarán un hombre, desclavarán de un vientre
un niño todo lleno de porvenir y sombra,

---

manuscrito demuestra que están escritos a favor de un ilustre prisionero político, el alemán Ernst Thaelman, dirigente comunista cuyo encarcelamiento por
parte de los nazis ya había provocado huelgas de protesta en España en 1933.
Durante la guerra civil se formaría un batallón "Thaelman", que adoptó su
nombre en homenaje a él y que agrupaba a los alemanes integrados en las
Brigadas Internacionales. En el momento de escribir Miguel este poema se encontraba Thaelman en un campo de concentración, y de ahí la llamada que
se hace a la solidaridad con él y con otros que se encontraban en una situación similar. Thaelman fue asesinado en 1944, dos años después de la muerte
de Hernández, en una cárcel no muy distinta de las que aquí describe, y en
las que no falta, como en el famoso romance tradicional del prisionero ("Que
por mayo era, por mayo"), el contraste entre la primavera, toda cópula y libertad, y la obligada soledad en que la mazmorra sume al cautivo.

pero, tras los pedazos y la explosión, la madre
seguirá siendo madre.

25   Pueblo, chorro que quieren cegar, estrangular,
y salta ante las armas más alto, más potente:
no te estrangularán porque les faltan dedos,
porque te basta sangre.

Las armas son un signo de impotencia: los hombres
30   se defienden y vencen con el hueso ante todo.
Mirad estas palabras donde me ahondo y dejo
fósforo emocionado.

Un hombre desarmado siempre es un firme bloque:
sabe que no es estéril su firmeza, y resiste.
35   Y los pueblos se salvan por la fuerza que sopla
desde todos sus muertos. [5]

[58]

EL TREN DE LOS HERIDOS

SILENCIO que naufraga en el silencio
de las bocas cerradas de la noche.
No cesa de callar ni atravesado.
Habla el lenguaje ahogado de los muertos.

5   Silencio.

Abre caminos de algodón profundo,
amordaza las ruedas, los relojes,
detén la voz del mar, de la paloma:
emociona la noche de los sueños.

---

5 Para el Miguel Hernández definitivo, el Pueblo viene a ser una entidad casi
metafísica, depósito de legitimación de cualquier instancia que, como ha ob-
servado Marie Chevallier, recuerda en buena medida la noción cristiana de la
Comunión de los Santos, en particular en esa afortunada acuñación que en
los versos finales resume todo el sentido del poema: "Y los pueblos se salvan
por la fuerza que sopla / desde todos sus muertos".

10 Silencio.

El tren lluvioso de la sangre suelta,
el frágil tren de los que se desangran,
el silencioso, el doloroso, el pálido,
el tren callado de los sufrimientos.

15 Silencio.

Tren de la palidez mortal que asciende:
la palidez reviste las cabezas,
el ¡ay! la voz, el corazón la tierra,
el corazón de los que malhirieron.

20 Silencio.

Van derramando piernas, brazos, ojos.
Van arrojando por el tren pedazos.
Pasan dejando rastros de amargura,
otra vía láctea de estelares miembros.

25 Silencio.

Ronco tren desmayado, enrojecido:
agoniza el carbón, suspira el humo,
y, maternal, la máquina suspira,
avanza como un largo desaliento.

30 Silencio.

Detenerse quisiera bajo un túnel
la larga madre, sollozar tendida.
No hay estaciones donde detenerse,
si no es el hospital, si no es el pecho.

35 Para vivir, con un pedazo basta:
en un rincón de carne cabe un hombre.
Un dedo solo, un solo trozo de ala
alza el vuelo total de todo un cuerpo.

Silencio.

40   Detened ese tren agonizante
que nunca acaba de cruzar la noche.
Y se queda descalzo hasta el caballo,
y enarena los cascos y el aliento.[6]

[59]

LLAMO A LOS POETAS

ENTRE todos vosotros, con Vicente Aleixandre
y con Pablo Neruda tomo silla en la tierra:
tal vez porque he sentido su corazón cercano
cerca de mí, casi rozando el mío.

5   Con ellos me he sentido más arraigado y hondo,
y además menos solo. Ya vosotros sabéis
lo solo que yo soy, por qué soy yo tan solo.
Andando voy, tan solos yo y mi sombra.

Alberti, Altolaguirre, Cernuda, Prados, Garfias,
10   Machado, Juan Ramón, León Felipe, Aparicio,
Oliver, Plaja, hablemos de aquello a que aspiramos:
por lo que enloquecemos lentamente.

Hablemos del trabajo, del amor sobre todo,
donde la telaraña y el alacrán no habitan.
15   Hoy quiero abandonarme tratando con vosotros
de la buena semilla de la tierra.

Dejemos el museo, la biblioteca, el aula
sin emoción, sin tierra, glacial, para otro tiempo.
Ya sé que en esos sitios tiritará mañana
20   mi corazón helado en varios tomos.

---

6 Impresionante testimonio de la visión cada vez más trágica que su autor tiene de la guerra, estos versos se despliegan al ritmo obsesivo de ese estribillo, "Silencio", que, como un bordón o contrabajo funeral, va puntuando implacablemente las estrofas, al ritmo de ese tren que casi es una versión maquinista y terrestre del inquietante buque fantasma.

Quitémonos el pavo real y suficiente,
la palabra con toga[1], la pantera de acechos.
Vamos a hablar del día, de la emoción del día.
Abandonemos la solemnidad.

25 Así: sin esa barba postiza, ni esa cita
que la insolencia pone bajo nuestra nariz,
hablaremos unidos, comprendidos, sentados,
de las cosas del mundo frente al hombre.

Así descenderemos de nuestro pedestal,
30 de nuestra pobre estatua. Y a cantar entraremos
a una bodega, a un pecho, o al fondo de la tierra,
sin el brillo del lente polvoriento.

Ahí está Federico: sentémonos al pie
de su herida, debajo del chorro asesinado,
35 que quiero contener como si fuera mío,
y salta, y no se acalla entre las fuentes.

Siempre fuimos nosotros sembradores de sangre.
Por eso nos sentimos semejantes del trigo.
No reposamos nunca, y eso es lo que hace el sol,
40 y la familia del enamorado.

Siendo de esa familia, somos la sal del aire.
Tan sensibles al clima como la misma sal,
una racha de otoño nos deja moribundos
sobre la huella de los sepultados.

45 Eso sí: somos algo. Nuestros cinco sentidos
en todo arraigan, piden posesión y locura.
Agredimos al tiempo con la feliz cigarra,
con el terrestre sueño que alentamos.

Hablemos, Federico, Vicente, Pablo, Antonio,
50 Luis, Juan Ramón, Emilio, Manolo, Rafael,

---

1 *toga*: traje talar que usan como prenda de ceremonia los catedráticos.

Arturo, Pedro, Juan, Antonio, León Felipe.
Hablemos sobre el vino y la cosecha.

Si queréis, nadaremos antes en esa alberca,
en ese mar que anhela transparentar los cuerpos.
55   Veré si hablamos luego con la verdad del agua,
que aclara el labio de los que han mentido.[7]

[60]

CANCIÓN ÚLTIMA

Pintada, no vacía:
pintada está mi casa
del color de las grandes
pasiones y desgracias.

5   *Regresará del llanto*
adonde fue llevada
con su desierta mesa,
con su ruinosa cama.

Florecerán los besos
10   *sobre las almohadas.*
Y en torno de los cuerpos
elevará la sábana
su intensa enredadera
nocturna, perfumada.

---

7 Vicente Aleixandre, Pablo Neruda, Rafael Alberti, Manuel Altolaguirre, Luis
Cernuda, Emilio Prados, Pedro Garfias, Antonio Machado, Juan Ramón Jiménez, León Felipe, Antonio Aparicio, Antonio Oliver Belmás y Arturo Serrano
Plaja eran todos ellos poetas republicanos y, en uno u otro grado, maestros,
amigos o compañeros de Miguel Hernández. "Federico" es, naturalmente,
García Lorca. El "Juan" que queda descolgado podría ser, como ha apuntado
Rovira, Juan Gil-Albert, que firmó con Miguel la ponencia colectiva del Con-
greso de Intelectuales de Valencia. Leopoldo de Luis y Jorge Urrutia, en su
edición de *El hombre acecha* de 1984, añaden como posibles los nombres de
Juan Rejano y Juan Larrea.

15   *El odio se amortigua*
            detrás de la ventana,

            Será la garra suave.

            Dejadme la esperanza.[8]

---

8 Esta despedida entronca ya plenamente con el *Cancionero y romancero de ausencias* en temática, métrica y registro. Y también en la obstinada apuesta por la esperanza, por ese rayo de sol que en la lucha dejará a la sombra vencida.

CANCIONERO Y ROMANCERO DE AUSENCIAS

DE AUSENCIAS

(1938-1940)

Escrito en su mayor parte entre octubre y diciembre de 1938 (fecha de la muerte de su primer hijo) y mayo y septiembre de 1939, el *Cancionero y romancero de ausencias* es un libro póstumo, cuya edición se ha ido afinando por parte de la crítica. Se trata de poemas muy quintaesenciados, a menudo breves, que no precisan de mayor comentario, dada la desnudez de su intensa dicción.

[61]

EN EL FONDO del hombre
agua removida.

En el agua más clara
quiero ver la vida.

En el fondo del hombre
agua removida.

En el agua más clara
sombra sin salida.

En el fondo del hombre
agua removida.

[62]

BESARSE, mujer,
al sol, es besarnos
en toda la vida.
Ascienden los labios,
eléctricamente
vibrantes de rayos,
con todo el furor
de un sol entre cuatro.

Besarse a la luna,
10   mujer, es besarnos
en toda la muerte.
Descienden los labios,
con toda la luna
pidiendo su ocaso,
15   del labio de arriba,
del labio de abajo,
gastada y helada
y en cuatro pedazos.[1]

[63]

LLEGÓ tan hondo el beso
que traspasó y emocionó los muertos.

El beso trajo un brío
que arrebató la boca de los vivos.

5   El hondo beso grande
sintió breves los labios al ahondarse.

El beso aquel que quiso
cavar los muertos y sembrar los vivos.

---

1 Para el poeta, la dialéctica masculina y femenina opone lo diurno, solar y aé-
reo, frente a lo nocturno, lunar y descendido, encarnándose, en esta ocasión,
en la boca como símbolo del beso amoroso. También ella —la boca— está
partida, a su vez, en una mitad superior e inferior, que reproduce ese juego
de contrarios del que saldrá un nuevo ser, el hijo, nutrido de las dos sustancias movilizadas, la de la vida, la de la muerte, y su intermediario, el amor.
Esas tres heridas o estigmas son marcas de lo humano, y constituyen uno de
los temas más persistentes del *Cancionero*, que irrumpe caudalosamente en
"Hijo de la luz y de la sombra" (poema 74). Y a través de ellas se comunican
los muertos con los vivos, trazando un arco de bocas y matrices que enlaza a
las generaciones venideras con los primeros pobladores del mundo. De ahí
que los besos estremezcan a hombres y mujeres, a vivos y muertos, a cunas y
tumbas.

[64]

LLEGÓ con tres heridas:
la del amor,
la de la muerte,
la de la vida.

5   Con tres heridas viene:
la de la vida,
la del amor,
la de la muerte.

Con tres heridas yo:
10   la de la vida,
la de la muerte,
la del amor.

[65]

ESCRIBÍ en el arenal
los tres nombres de la vida:
vida, muerte, amor.
Una ráfaga de mar,
5   tantas claras veces ida,
vino y nos borró.

[66]

AUSENCIA en todo veo:
tus ojos la reflejan.
Ausencia en todo escucho:
tu voz a tiempo suena.
5   Ausencia en todo aspiro:
tu aliento huele a hierba.
Ausencia en todo toco:
tu cuerpo se despuebla.

Ausencia en todo pruebo:
10   tu boca me destierra.
Ausencia en todo siento:
ausencia, ausencia, ausencia.

[67]

EL AMOR ascendía entre nosotros
como la luna entre las dos palmeras
que nunca se abrazaron.

El íntimo rumor de los dos cuerpos
5   hacia el arrullo un oleaje trajo,
pero la ronca voz fue atenazada,
fueron pétreos los labios.

El ansia de ceñir movió la carne,
esclareció los huesos inflamados,
10   pero los brazos al querer tenderse
murieron en los brazos.

Pasó el amor, la luna, entre nosotros
y devoró los cuerpos solitarios.
Y somos dos fantasmas que se buscan
y se encuentran lejanos.[2]

---

2 Recurriendo a una musicalidad puesta en sordina por las rimas asonantes y
un cierto ritmo tenue de raíz becqueriana, Hernández recupera aquí la palmera como símbolo amoroso. Ya en 1934, en su auto sacramental *Quién te ha
visto y quién te ve*, el personaje alegórico del Amor iba "vestido" de palmera;
ahora se subraya, sin embargo, uno de sus aspectos antes esquivado: su carácter dioico, esto es, la separación en plantas distintas de los órganos sexuales masculinos y femeninos de la palmera. Y entre ambos, como emblema de
un amor apenas consumado, la luna sirve de testigo de la separación impues-
ta a dos cuerpos interceptados por guerras y cárceles.

[68]

LA VEJEZ en los pueblos.
El corazón sin dueño.
El amor sin objeto.
La hierba, el polvo, el cuervo.
¿Y la juventud?
En el ataúd.

El árbol solo y seco.
La mujer como un leño
de viudez sobre el lecho.
El odio sin remedio.
¿Y la juventud?
En el ataúd.

[69]

ERA UN HOYO no muy hondo.
Casi en la flor de la sombra.
No hubiera cabido un hombre
en su oscuridad angosta.
Contigo todo fue anchura
en la tierra tenebrosa.

Mi casa contigo era
la habitación de la bóveda.
Dentro de mi casa entraba
por ti la luz victoriosa.

Mi casa va siendo un hoyo.
Yo no quisiera que toda
aquella luz se alejara
vencida, desde la alcoba.

Pero cuando llueve, siento
que las paredes se ahondan,
y reverdecen los muebles,
rememorando las hojas.

Mi casa es una ciudad
con una puerta a la aurora,
otra más grande a la tarde,
y a la noche, inmensa, otra.

Mi casa es un ataúd.
Bajo la lluvia redobla.
Y ahuyenta las golondrinas
que no la quisieran torva.

En mi casa falta un cuerpo.
Dos en nuestra casa sobran.

[70]

A MI HIJO

TE HAS NEGADO a cerrar los ojos, muerto mío,
abiertos ante el cielo como dos golondrinas:
su calor coronado de junios, ya es rocío
alejándose a ciertas regiones matutinas.

Hoy, que es un día como bajo la tierra, oscuro,
como bajo la tierra, lluvioso, despoblado,
con la humedad sin sol de mi cuerpo futuro,
como bajo la tierra quiero haberte enterrado.

Desde que tú eres muerto no alientan las mañanas,
al fuego arrebatadas de tus ojos solares:
precipitado octubre contra nuestras ventanas,
diste paso al otoño y anocheció los mares.

Te ha devorado el sol, rival único y hondo
y la remota sombra que te lanzó encendido;
te empuja luz abajo llevándote hasta el fondo,
tragándote; y es como si no hubieras nacido.

Diez meses en la luz, redondeando el cielo,
sol muerto, anochecido, sepultado, eclipsado.

Sin pasar por el día se marchitó tu pelo;
20   atardeció tu carne con el alba en un lado.

El pájaro pregunta por ti, cuerpo al oriente,
carne naciente al alba y al júbilo precisa;
niño que sólo supo reír, tan largamente,
que sólo ciertas flores mueren con tu sonrisa.

25   Ausente, ausente, ausente como la golondrina,
ave estival que esquiva vivir al pie del hielo:
golondrina que a poco de abrir la pluma fina,
naufraga en las tijeras enemigas del vuelo.

Flor que no fue capaz de endurecer los dientes,
30   de mostrar el más leve signo de la fiereza.
Vida como una hoja de labios incipientes,
hoja que se desliza cuando a sonar empieza.

Los consejos del mar de nada te han valido...
Vengo de dar a un tierno sol una puñalada,
35   de enterrar un pedazo de pan en el olvido,
de echar sobre unos ojos un puñado de nada.

Verde, rojo, moreno; verde, azul y dorado;
los latentes colores de la vida, los huertos,
el centro de las flores a tus pies destinado,
40   de oscuros negros tristes, de graves blancos yertos.

Mujer arrinconada: mira que ya es de día.
(¡Ay, ojos sin poniente por siempre en la alborada!)
Pero en tu vientre, pero en tus ojos, mujer mía,
la noche continúa cayendo desolada.[3]

---

3 Es uno de los poemas del *Cancionero* que más claramente cumple su vocación de elegía al hijo muerto el 19 de octubre de 1939, con alusiones tan di-
rectas a las circunstancias reales como ese "precipitado octubre", o los diez
meses que alcanzó a vivir, sin llegar a mostrar ese "signo de fiereza" que hu-
bieran supuesto los dientes. Las dos fuerzas que le dieron vida —el componente solar y el lunar— parecen haberse vuelto contra el nuevo ser, reclaman-
do la recuperación de las dos sustancias prestadas para la edificación de esa
nueva vida, ahora desplomada.

[71]

ORILLAS DE TU VIENTRE

¿QUÉ EXALTARÉ en la tierra que no sea algo tuyo?
A mi lecho de ausente me echo como a una cruz
de solitarias lunas del deseo, y exalto
la orilla de tu vientre.

5   Clavellina del valle que provocan tus piernas.
Granada que ha rasgado de plenitud su boca.
Trémula zarzamora suavemente dentada
donde vivo arrojado.

Arrojado y fugaz como el pez generoso,
10   ansioso de que el agua, la lenta acción del agua
lo devaste: sepulte su decisión eléctrica
de fértiles relámpagos.

Aún me estremece el choque primero de los dos;
cuando hicimos pedazos la luna a dentelladas,
15   impulsamos las sábanas a un abril de amapolas,
nos inspiraba el mar.

Soto que atrae, umbría de vello casi en llamas,
dentellada tenaz que siento en lo más hondo,
vertiginoso abismo que me recoge, loco
20   de la lúcida muerte.

Túnel por el que a ciegas me aferro a tus entrañas.
Recóndito lucero tras una madreselva
hacia donde la espuma se agolpa, arrebatada
del íntimo destino.

25   En ti tiene el oasis su más ansiado huerto:
el clavel y el jazmín se entrelazan, se ahogan.
De ti son tantos siglos de muerte, de locura
como te han sucedido.

Corazón de la tierra, centro del universo,
30   todo se atorbellina, con afán de satélite

en torno a ti, pupila del sol que te entreabres
en la flor del manzano.

Ventana que da al mar, a una diáfana muerte
cada vez más profunda, más azul y anchurosa.
35   Su hálito de infinito propaga los espacios
entre tú y yo y el fuego.

Trágame, leve hoyo donde avanzo y me entierro.
La losa que me cubra sea tu vientre leve,
la madera tu carne, la bóveda tu ombligo,
40   la eternidad la orilla.

En ti me precipito como en la inmensidad
de un mediodía claro de sangre submarina,
mientras el delirante hoyo se hunde en el mar,
y el clamor se hace hombre.

45   Por ti logro en tu centro la libertad del astro.
En ti nos acoplamos como dos eslabones,
tú poseedora y yo. Y así somos cadena:
mortalmente abrazados.[4]

[72]

LA LIBERTAD es algo
que sólo en tus entrañas
bate como el relámpago.

---

4 Dentro del retorno a lo primordial que caracteriza al *Cancionero*, el vientre de la mujer-madre constituye uno de los temas mayores. A menudo es percibido como nido o tumba protectora, especie de contrafigura de la celda en que se debate ahora su cuerpo, nacido un día de un vientre de mujer y destinado al de la esposa para desde él quedar impreso en el hijo, sobrevivir y, en definitiva, alcanzar una libertad que ahora le niegan los muros de la cárcel. Las metáforas silvestres, de campo abierto con que se describe el sexo de la mujer (clavellina, granada, zarzamora, madreselva, jazmín) no hacen sino abundar en ese deseo. O el impulso de mar y oleaje con que, delicadamente, se alude al ritmo de los cuerpos al acoplarse, capaz de trascender hasta el impulso que gobierna los astros.

[73]

TRISTES guerras
si no es amor la empresa.
Tristes. Tristes.

Tristes armas
si no son las palabras.
Tristes. Tristes.

Tristes hombres
si no mueren de amores.
Tristes. Tristes.

[74]

HIJO DE LA LUZ Y DE LA SOMBRA

I

(HIJO DE LA SOMBRA)

ERES LA NOCHE, esposa: la noche en el instante
mayor de su potencia lunar y femenina.
Eres la medianoche: la sombra culminante
donde culmina el sueño, donde el amor culmina.

Forjado por el día, mi corazón que quema
lleva su gran pisada de sol a donde quieres,
con un solar impulso, con una luz suprema,
cumbre de las mañanas y los atardeceres.

Daré sobre tu cuerpo cuando la noche arroje
su avaricioso anhelo de imán y poderío.
Un astral sentimiento febril me sobrecoge,
incendia mi osamenta con un escalofrío.

El aire de la noche desordena tus pechos,
y desordena y vuelca los cuerpos con su choque.

15   Como una tempestad de enloquecidos lechos,
eclipsa las parejas, las hace un solo bloque.

La noche se ha encendido como una sorda hoguera
de llamas minerales y oscuras embestidas.
Y alrededor la sombra late como si fuera
20   las almas de los pozos y el vino difundidas.

Ya la sombra es el nido cerrado, incandescente,
la visible ceguera puesta sobre quien ama;
ya provoca el abrazo cerrado, ciegamente,
ya recoge en sus cuevas cuanto la luz derrama.

25   La sombra pide, exige seres que se entrelacen,
besos que la constelen de relámpagos largos,
bocas embravecidas, batidas, que atenacen,
arrullos que hagan música de sus mudos letargos.

Pide que nos echemos tú y yo sobre la manta,
30   tú y yo sobre la luna, tú y yo sobre la vida.
Pide que tú y yo ardamos fundiendo en la garganta,
con todo el firmamento, la tierra estremecida.

El hijo está en la sombra que acumula luceros,
amor, tuétano, luna, claras oscuridades.
35   Brota de sus perezas y de sus agujeros,
y de sus solitarias y apagadas ciudades.

El hijo está en la sombra: de la sombra ha surtido,
y a su origen infunden los astros una siembra,
un zumo lácteo, un flujo de cálido latido,
40   que ha de obligar sus huesos al sueño y a la hembra.

Moviendo está la sombra sus fuerzas siderales,
tendiendo está la sombra su constelada umbría,
volcando las parejas y haciéndolas nupciales.
Tú eres la noche, esposa. Yo soy el mediodía.

II

(HIJO DE LA LUZ)

45 Tú eres el alba, esposa: la principal penumbra,
recibes entornadas las horas de tu frente.
Decidido al fulgor, pero entornado, alumbra
tu cuerpo. Tus entrañas forjan el sol naciente.

Centro de claridades, la gran hora te espera
50 en el umbral de un fuego que el fuego mismo abrasa:
te espero yo, inclinado como el trigo a la era,
colocando en el centro de la luz nuestra casa.

La noche desprendida de los pozos oscuros,
se sumerge en los pozos donde ha echado raíces.
55 Y tú te abres al parto luminoso, entre muros
que se rasgan contigo como pétreas matrices.

La gran hora del parto, la más rotunda hora:
estallan los relojes sintiendo tu alarido,
se abren todas las puertas del mundo, de la aurora,
60 y el sol nace en tu vientre donde encontró su nido.

El hijo fue primero sombra y ropa cosida
por tu corazón hondo desde tus hondas manos.
Con sombras y con ropas anticipó su vida,
con sombras y con ropas de gérmenes humanos.

65 Las sombras y las ropas sin población, desiertas,
se han poblado de un niño sonoro, un movimiento,
que en nuestra casa pone de par en par las puertas,
y ocupa en ella a gritos el luminoso asiento.

¡Ay, la vida: qué hermoso penar tan moribundo!
70 Sombras y ropas trajo la del hijo que nombras.
Sombras y ropas llevan los hombres por el mundo.
Y todos dejan siempre sombras: ropas y sombras.

Hijo del alba eres, hijo del mediodía.
Y ha de quedar de ti luces en todo impuestas,

75 mientras tu madre y yo vamos a la agonía,
dormidos y despiertos con el amor a cuestas.

Hablo y el corazón me sale en el aliento.
Si no hablara lo mucho que quiero me ahogaría.
Con espliego y resinas perfumo tu aposento.
80 Tú eres el alba, esposa. Yo soy el mediodía.

III

(HIJO DE LA LUZ Y DE LA SOMBRA)

Tejidos en el alba, grabados, dos panales
no pueden detener la miel en los pezones.
Tus pechos en el alba: maternos manantiales,
luchan y se atropellan con blancas efusiones.

85 Se han desbordado, esposa, lunarmente tus venas,
hasta inundar la casa que tu sabor rezuma.
Y es como si brotaras de un pueblo de colmenas,
tú toda una colmena de leche con espuma.

Es como si tu sangre fuera dulzura toda,
90 laboriosas abejas filtradas por tus poros.
Oigo un clamor de leche, de inundación, de boda
junto a ti, recorrida por caudales sonoros.

Caudalosa mujer, en tu vientre me entierro.
Tu caudaloso vientre será mi sepultura.
95 Si quemaran mis huesos con la llama del hierro,
verían qué grabada llevo allí tu figura.

Para siempre fundidos en el hijo quedamos:
fundidos como anhelan nuestras ansias voraces:
en un ramo de tiempo, de sangre, los dos ramos,
100 en un haz de caricias, de pelo, los dos haces.

Los muertos, con un fuego congelado que abrasa,
laten junto a los vivos de una manera terca.
Viene a ocupar el hijo los campos y la casa
que tú y yo abandonamos quedándonos muy cerca.

105 Haremos de este hijo generador sustento,
 y hará de nuestra carne materia decisiva:
 donde sienten su alma las manos y el aliento
 las hélices circulen, la agricultura viva.

 Él hará que esta vida no caiga derribada,
110 pedazo desprendido de nuestros dos pedazos,
 que de nuestras dos bocas hará una sola espada
 y dos brazos eternos de nuestros cuatro brazos.

 No te quiero a ti sola: te quiero en tu ascendencia
 y en cuanto de tu vientre descenderá mañana.
115 Porque la especie humana me han dado por herencia
 la familia del hijo será la especie humana.

 Con el amor a cuestas, dormidos y despiertos,
 seguiremos besándonos en el hijo profundo.
 Besándonos tú y yo se besan nuestros muertos,
120 se besan los primeros pobladores del mundo.⁵

[75]

MENOS tu vientre,
todo es confuso.
Menos tu vientre,
todo es futuro,

---

5 Este tríptico es una de las obras maestras de Miguel Hernández. Frente a las piezas breves, intensas y a una sola voz que caracterizan al *Cancionero*, aquí culmina, a manera de amplio despliegue polifónico, la más acabada formulación de la cosmovisión hernandiana. Según ella, la mujer gobierna el ámbito lunar, todo lo misterioso y pasivo, lo oscuro y caótico, que promueve un arrebatador torbellino de fuerzas instintivas, pero también las limita y recoge a manera de nido. El varón es el sol, la luz, el calor, lo que define y deslinda. De ambos surge el sol naciente, el hijo que incorpora las dos sustancias seminales, lo masculino y lo femenino, la noche y el día, la sombra y la luz, la luna y el sol, lo pasivo y lo activo, la muerte y la vida. Se ha llegado a ese amor que mueve las estrellas, hermanando al hombre no sólo con Orihuela (*Perito en lunas*), con España (*Viento del pueblo*) o con la tierra, sino con la plenitud del cosmos. Estamos, ya en sentido literal y estricto, ante una *cosmo-visión*, en toda su poderosa envergadura y alcance.

5   fugaz, pasado
baldío, turbio.
Menos tu vientre,
todo es oculto.
Menos tu vientre,
10   todo inseguro,
todo postrero,
polvo sin mundo.
Menos tu vientre,
todo es oscuro.
15   Menos tu vientre
claro y profundo.

[76]

ANTES DEL ODIO

BESO SOY, sombra con sombra.
Beso, dolor con dolor,
por haberme enamorado,
corazón sin corazón,
5   de las cosas, del aliento
sin sombra de la creación.
Sed con agua en la distancia,
pero sed alrededor.

Corazón en una copa
10   donde me lo bebo yo,
y no se lo bebe nadie,
nadie sabe su sabor.
Odio, vida: ¡cuánto odio
sólo por amor!

15   No es posible acariciarte
con las manos que me dio
el fuego de más deseo,
el ansia de más ardor.
Varias alas, varios vuelos

20   abaten en ellas hoy
      hierros que cercan las venas
      y las muerden con rencor.
      Por amor, vida, abatido,
      pájaro sin remisión.
25   Sólo por amor odiado.
      Sólo por amor.

      Amor, tu bóveda arriba
      y yo abajo siempre, amor,
      sin otra luz que estas ansias,
30   sin otra iluminación.
      Mírame aquí encadenado,
      escupido, sin calor,
      a los pies de la tiniebla
      más súbita, más feroz,
35   comiendo pan y cuchillo
      como buen trabajador
      y a veces cuchillo sólo,
      sólo por amor.

      Todo lo que significa
40   golondrinas, ascensión,
      claridad, anchura, aire,
      decidido espacio, sol,
      horizonte aleteante,
      sepultado en un rincón.
45   Esperanza, mar, desierto,
      sangre, monte rodador:
      libertades de mi alma
      clamorosas de pasión,
      desfilando por mi cuerpo,
50   donde no se quedan, no,
      pero donde se despliegan,
      sólo por amor.

      Porque dentro de la triste
      guirnalda del eslabón,
55   del sabor a carcelero

constante, y a paredón,
y a precipicio en acecho,
alto, alegre, libre soy.
Alto, alegre, libre, libre,
60 sólo por amor.

No, no hay cárcel para el hombre.
No podrán atarme, no.
Este mundo de cadenas
me es pequeño y exterior.
65 ¿Quién encierra una sonrisa?
¿Quién amuralla una voz?
A lo lejos tú, más sola
que la muerte, la una y yo.
A lo lejos tú, sintiendo
70 en tus brazos mi prisión:
en tus brazos donde late
la libertad de los dos.
Libre soy. Siénteme libre.
Sólo por amor.

[77]

LA BOCA

BOCA que arrastra mi boca:
boca que me has arrastrado:
boca que vienes de lejos
a iluminarme de rayos.
5 Alba que das a mis noches
un resplandor rojo y blanco.
Boca poblada de bocas:
pájaro lleno de pájaros.

Canción que vuelve las alas
10 hacia arriba y hacia abajo.
Muerte reducida a besos,
a sed de morir despacio,

dando a la grana sangrante
dos tremendos aletazos.
15   El labio de arriba el cielo
y la tierra el otro labio.

Beso que rueda en la sombra:
beso que viene rodando
desde el primer cementerio
20   hasta los últimos astros.
Astro que tiene tu boca
enmudecido y cerrado,
hasta que un roce celeste
hace que vibren sus párpados.

25   Beso que va a un porvenir
de muchachas y muchachos,
que no dejarán desiertos
ni las calles ni los campos.

¡Cuántas bocas enterradas,
30   sin boca, desenterramos!

Bebo en tu boca por ellos,
brindo en tu boca por tantos
que cayeron sobre el vino
de los amorosos vasos.
35   Hoy son recuerdos, recuerdos,
besos distantes y amargos.

Hundo en tu boca mi vida,
oigo rumores de espacios,
y el infinito parece
40   que sobre mí se ha volcado.

He de volverte a besar,
he de volver, hundo, caigo,
mientras descienden los siglos
hacia los hondos barrancos
45   como una febril nevada
de besos y enamorados.

Boca que desenterraste
el amanecer más claro
con tu lengua. Tres palabras,
50   tres fuegos has heredado:
vida, muerte, amor. Ahí quedan
escritos sobre tus labios.[6]

[78]

ASCENSIÓN DE LA ESCOBA

CORONAD a la escoba de laurel, mirto, rosa.
Es el héroe entre aquellos que afrontan la basura.
Para librar del polvo sin vuelo cada cosa
bajó, porque era palma y azul, desde la altura.

5   Su ardor de espada joven y alegre no reposa.
Delgada de ansiedad, pureza, sol, bravura,
azucena que barre sobre la misma fosa,
es cada vez más alta, más cálida, más pura.

Nunca: la escoba nunca será crucificada,
10   porque la juventud propaga su esqueleto
que es una sola flauta muda, pero sonora.

Es una sola lengua sublime y acordada.
Y ante su aliento raudo se ausenta el polvo quieto.
Y asciende una palmera, columna hacia la aurora.[7]

---

6 La metáfora central sobre la que se construye el poema es la de los labios como ave con las alas desplegadas, imagen de un amor que se traduce en alba, vuelo, libertad.

7 Este soneto en alejandrinos es escrito en septiembre de 1939 cuando, prisionero en la cárcel de Torrijos, castigan a Miguel a barrer el patio y las letrinas. Su reacción instintiva le llevará a elevar a lo más humilde (la basura) a la altura de lo celestial (la escoba, hecha con las flores de la palmera), utilizando como fiel de la balanza su dignidad humana, al modo en que Cristo ascendió desde la tierra a los cielos, tras ofrecerse en sacrificio. Es, en suma, la utilización de la poesía como una redención, en un mecanismo similar al de la "poesía impura".

[79]

DESPUÉS DEL AMOR

NO PUDIMOS ser. La tierra
no pudo tanto. No somos
cuanto se propuso el sol
en un anhelo remoto.
Un pie se acerca a lo claro.
En lo oscuro insiste el otro.
Porque el amor no es perpetuo
en nadie, ni en mí tampoco.
El odio aguarda su instante
dentro del carbón más hondo.
Rojo es el odio y nutrido.
El amor, pálido y solo.
Cansado de odiar, te amo.
Cansado de amar, te odio.

Llueve tiempo, llueve tiempo.
Y un día triste entre todos,
triste por toda la tierra,
triste desde mí hasta el lobo,
dormimos y despertamos
con un tigre entre los ojos.

Piedras, hombres como piedras,
duros y plenos de encono,
chocan en el aire, donde
chocan las piedras de pronto.

Soledades que hoy rechazan
y ayer juntaban sus rostros.
Soledades que en el beso
guardan el rugido sordo.
Soledades para siempre.
Soledades sin apoyo.

Cuerpos como un mar voraz,
entrechocado, furioso.
Solitariamente atados

por el amor, por el odio,
35   por las venas surgen hombres,
cruzan las ciudades, torvos.

En el corazón arraiga
solitariamente todo.
Huellas sin compaña quedan
40   como en el agua, en el fondo.

Sólo una voz, a lo lejos,
siempre a lo lejos la oigo,
acompaña y hace ir
igual que el cuello a los hombros.

45   Sólo una voz me arrebata
este armazón espinoso
de vello retrocedido
y erizado que me pongo.

Los secos vientos no pueden
50   secar los mares jugosos.
Y el corazón permanece
fresco en su cárcel de agosto
porque esa voz es el arma
más tierna de los arroyos:

55   "Miguel: me acuerdo de ti
después del sol y del polvo,
antes de la misma luna,
tumba de un sueño amoroso."

Amor: aleja mi ser
60   de sus primeros escombros,
y edificándome, dicta
una verdad como un soplo.
Después del amor, la tierra.
Después de la tierra, todo.[8]

---

8 Tanto este poema como "Guerra" demuestran hasta qué punto no hay solu-
ción de continuidad entre *El hombre acecha* y el *Cancionero*, ya que podrían

[80]

GUERRA

TODAS las madres del mundo
ocultan el vientre, tiemblan,
y quisieran retirarse
a virginidades ciegas,
5   el origen solitario
y el pasado sin herencia.
Pálida, sobrecogida
la fecundidad se queda.
El mar tiene sed y tiene
10   sed de ser agua la tierra.
Alarga la llama el odio
y el amor cierra las puertas.
Voces como lanzas vibran,
voces como bayonetas.
15   Bocas como puños vienen,
puños como cascos llegan.
Pechos como muros roncos,
piernas como patas recias.
El corazón se revuelve,
20   se atorbellina, revienta.
Arroja contra los ojos
súbitas espumas negras.

La sangre enarbola el cuerpo,
precipita la cabeza
25   y busca un hueco, una herida
por donde lanzarse afuera.

La sangre recorre el mundo
enjaulada, insatisfecha.
Las flores se desvanecen

---

haberse incluido perfectamente en el primer libro, con su visión desalentada
de la contienda y sus secuelas de muertos y heridos.

30   devoradas por la hierba.
     Ansias de matar invaden
     el fondo de la azucena.
     Acoplarse con metales
     todos los cuerpos anhelan:
35   desposarse, poseerse
     de una terrible manera.

     Desaparecer: el ansia
     general, creciente, reina.
     Un fantasma de estandartes,
40   una bandera quimérica,
     un mito de patrias: una
     grave ficción de fronteras.

     Músicas exasperadas,
     duras como botas, huellan
45   la faz de las esperanzas
     y de las entrañas tiernas.
     Crepita el alma, la ira.
     El llanto relampaguea.
     ¿Para qué quiero la luz
50   si tropiezo con tinieblas?

     Pasiones como clarines,
     coplas, trompas que aconsejan
     devorarse ser a ser,
     destruirse, piedra a piedra.
55   Relinchos. Retumbos. Truenos.
     Salivazos. Besos. Ruedas.
     Espuelas. Espadas locas
     abren una herida inmensa.

     Después, el silencio, mudo
60   de algodón, blanco de vendas,
     cárdeno de cirugía,
     mutilado de tristeza.
     El silencio. Y el laurel
     en un rincón de osamentas.
65   Y un tambor enamorado,

como un vientre tenso, suena
detrás del innumerable
muerto que jamás se aleja.

[81]

[NANAS DE LA CEBOLLA]

LA CEBOLLA es escarcha
cerrada y pobre:
escarcha de tus días
y de mis noches.
5   Hambre y cebolla:
hielo negro y escarcha
grande y redonda.

En la cuna del hambre
mi niño estaba.
10   Con sangre de cebolla
se amamantaba.
Pero tu sangre,
escarchaba[9] de azúcar,
cebolla y hambre.

15   Una mujer morena,
resuelta en luna,
se derrama hilo a hilo
sobre la cuna.
Ríete, niño,
20   que te tragas la luna
cuando es preciso.

Alondra de mi casa,
ríete mucho.

---

9 El manuscrito va precedido de un 'que' tachado (el verso anterior decía 'Pero tu madre'), lo que parece explicar la forma 'escarchaba' y no 'escarchada', que es lo que pide el sentido.

Es tu risa en los ojos
la luz del mundo.
Ríete tanto
que en el alma, al oírte,
bata el espacio.

Tu risa me hace libre,
me pone alas.
Soledades me quita,
cárcel me arranca.
Boca que vuela,
corazón que en tus labios
relampaguea.

Es tu risa la espada
más victoriosa.
Vencedor de las flores
y las alondras.
Rival del sol,
porvenir de mis huesos
y de mi amor.

La carne aleteante,
súbito el párpado,
y el niño como nunca
coloreado.
¡Cuánto jilguero
se remonta, aletea,
desde tu cuerpo!

Desperté de ser niño.
Nunca despiertes.
Triste llevo la boca.
Ríete siempre.
Siempre en la cuna,
defendiendo la risa
pluma por pluma.

Ser de vuelo tan alto,
tan extendido,

que tu carne parece
60   cielo cernido.
¡Si yo pudiera
remontarme al origen
de tu carrera!

Al octavo mes ríes
65   con cinco azahares.
Con cinco diminutas
ferocidades.
Con cinco dientes
como cinco jazmines
70   adolescentes.

Frontera de los besos
serán mañana,
cuando en la dentadura
sientas un arma.
75   Sientas un fuego
correr dientes abajo
buscando el centro.

Vuela niño en la doble
luna del pecho.
80   Él, triste de cebolla.
Tú, satisfecho.
No te derrumbes.
No sepas lo que pasa
ni lo que ocurre.[10]

---

10 El afortunado título no es de Hernández, sino de la crítica, pero recoge bien la
sustancia del poema. Éste se vierte en unas seguidillas llenas de musicalidad y
levedad compuestas en septiembre de 1939 a raíz de la correspondencia con
su mujer, en la que ésta hace recuento de los dientes de su hijo y le transmite
las penurias en que se halla sumida, hasta el punto de que sólo come pan y
cebolla. Miguel le contesta: "Estos días me los he pasado cavilando sobre tu situación, cada día más difícil. El olor de la cebolla que comes me llega hasta
aquí, y mi niño se sentirá indignado de mamar y sacar zumo de cebolla en
vez de leche. Para que lo consueles, te mando estas coplillas que le he hecho,
ya que aquí no hay para mí otro quehacer que escribiros a vosotros o deses-
perarme".

[82]

QUERER, querer, querer:
ésa fue mi corona,
ésa es.

[83]

PONGO cara de herido
cuando respiras
y de muerto que sufre
cuando me miras.
5 Tú has conseguido
tenerme a cada instante
muerto y herido.

[84]

POR LA VOZ de la herida
que tú me has hecho
habla desembocando
todo mi pecho.
5 Es mi persona
una torre de heridas
que se desploma.

[85]

EL ÚLTIMO RINCÓN

EL ÚLTIMO y el primero:
rincón para el sol más grande,
sepultura de esta vida
donde tus ojos no caben.

5 Allí quisiera tenderme
para desenamorarme.

Por el olivo lo quiero,
lo percibo por la calle,
se sume por los rincones
10   donde se sumen los árboles.

Se ahonda y hace más honda
la intensidad de mi sangre.

Los olivos moribundos
florecen en todo el aire
15   y los muchachos se quedan
cercanos y agonizantes.

Carne de mi movimiento,
huesos de ritmos mortales:
me muero por respirar
20   sobre vuestros ademanes.

Corazón que entre dos piedras
ansiosas de machacarte,
de tanto querer te ahogas
como un mar entre dos mares.
25   De tanto querer me ahogo,
y no me es posible ahogarme.

Beso que viene rodando
desde el principio del mundo
a mi boca por tus labios.
30   Beso que va al porvenir,
boca como un doble astro
que entre los astros palpita
por tantos besos parados,
por tantas bocas cerradas
35   sin un beso solitario.

¿Qué hice para que pusieran
a mi vida tanta cárcel?

Tu pelo donde lo negro
ha sufrido las edades
40   de la negrura más firme,
y la más emocionante:

tu secular pelo negro
recorro hasta remontarme
a la negrura primera
45   de tus ojos y tus padres,
al rincón de pelo denso
donde relampagueaste.

Como un rincón solitario
allí el hombre brota y arde.

50   Ay, el rincón de tu vientre;
el callejón de tu carne:
el callejón sin salida
donde agonicé una tarde.

La pólvora y el amor
55   marchan sobre las ciudades
deslumbrando, removiendo
la población de la sangre.

El naranjo sabe a vida
y el olivo a tiempo sabe.
60   Y entre el clamor de los dos
mis pasiones se debaten.

El último y el primero:
rincón donde algún cadáver
siente el arrullo del mundo
65   de los amorosos cauces.

Siesta que ha entenebrecido
el sol de las humedades.

Allí quisiera tenderme
para desenamorarme.

70   Después del amor, la tierra.
Después de la tierra, nadie.[11]

---

11 Parece claro que este poema está estrechamente relacionado con "Después
del amor" (poema 79), como un eco suyo, incluso en los aspectos métricos. Si
este último termina con los versos "Después del amor, la tierra. / Después de

[86]

VUELO

SÓLO quien ama vuela. Pero, ¿quién ama tanto
que sea como el pájaro más leve y fugitivo?
Hundiendo va este odio reinante todo cuanto
quisiera remontarse directamente vivo.

5   Amar... Pero, ¿quién ama? Volar... Pero, ¿quién vuela?
Conquistaré el azul ávido de plumaje,
pero el amor, abajo siempre, se desconsuela
de no encontrar las alas que da cierto coraje.

Un ser ardiente, claro de deseos, alado,
10   quiso ascender, tener la libertad por nido.
Quiso olvidar que el hombre se aleja encadenado.
Donde faltaban plumas puso valor y olvido.

Iba tan alto a veces, que le resplandecía
sobre la piel el cielo, bajo la piel el ave.
15   Ser que te confundiste con una alondra un día,
te desplomaste otro como el granizo grave.

Ya sabes que las vidas de los demás son losas
con que tapiarte: cárceles con que tragar la tuya.
Pasa, vida, entre cuerpos, entre rejas hermosas.
20   A través de las rejas, libre la sangre afluya.

Triste instrumento alegre de vestir; apremiante
tubo de apetecer y respirar el fuego.
Espada devorada por el uso constante.
Cuerpo en cuyo horizonte cerrado me despliego.

---

la tierra, todo", en el caso que nos ocupa se sentencia: "Después del amor, la
tierra. / Después de la tierra, nadie". Su sentido queda más de relieve, sin
embargo, si se contextualizan, disponiéndolos simétricamente a los lados de
sendos ejes, la guerra y la cárcel. "Después del amor" es una activa reivindi-
cación del amor y su poder regenerador respecto al odio de la guerra; "El último rincón" supone un pasivo abandono en el vientre de la mujer, alternati-
va a la celda carcelaria y deseo de reposo y anonadamiento.

25   No volarás. No puedes volar, cuerpo que vagas
       por estas galerías donde el aire es mi nudo.
       Por más que te debatas en ascender, naufragas.
       No clamarás. El campo sigue desierto y mudo.

       Los brazos no aletean. Son acaso una cola
30   que el corazón quisiera lanzar al firmamento.
       La sangre se entristece de debatirse sola.
       Los ojos vuelven tristes de mal conocimiento.

       Cada ciudad, dormida, despierta loca, exhala
       un silencio de cárcel, de sueño que arde y llueve
35   como un élitro ronco de no poder ser ala.
       El hombre yace. El cielo se eleva. El aire mueve.[12]

[87]

SEPULTURA DE LA IMAGINACIÓN

UN ALBAÑIL quería... No le faltaba aliento.
Un albañil quería, piedra tras piedra, muro
tras muro, levantar una imagen al viento
desencadenador en el futuro.

5   Quería un edificio capaz de lo más leve.
       No le faltaba aliento. ¡Cuánto aquel ser quería!
       Piedras de plumas, muros de pájaros los mueve
       una imaginación al mediodía.

       Reía. Trabajaba. Cantaba. De sus brazos,
10   con un poder más alto que el ala de los truenos,

---

12 La poesía carcelaria abunda en imágenes relacionadas con pájaros, alas y vuelos, como es lógico, después de todo. Una de las últimas composiciones en
prosa que conocemos de Hernández es la historia de un gorrión que vuela
con todas sus fuerzas, tratando de salvar la vida de un prisionero. En el caso
de estos versos y los que siguen, el desenlace es siempre pesimista: el ala está
atrofiada, es élitro y, además, élitro que ha enronquecido en su canto y persis-
tencia al tratar de convertirse en instrumento apto para el vuelo.

iban brotando muros lo mismo que aletazos.
Pero los aletazos duran menos.

Al fin, era la piedra su agente. Y la montaña
tiene valor de vuelo si es totalmente activa.
15   Piedra por piedra es peso y hunde cuanto acompaña
aunque esto sea un mundo de ansia viva.

Un albañil quería... Pero la piedra cobra
su torva densidad brutal en un momento.
Aquel hombre labraba su cárcel. Y en su obra
20   fueron precipitados él y el viento.[13]

[88]

ETERNA SOMBRA

YO QUE CREÍ que la luz era mía
precipitado en la sombra me veo.
Ascua solar, sideral alegría
ígnea de espuma, de luz, de deseo.

5   Sangre ligera, redonda, granada:
raudo anhelar sin perfil ni penumbra.
Fuera, la luz en la luz sepultada.
Siento que sólo la sombra me alumbra.

Sólo la sombra. Sin rastro. Sin cielo.
10   Seres. Volúmenes. Cuerpos tangibles
dentro del aire que no tiene vuelo,
dentro del árbol de los imposibles.

---

13 En una carta escrita el 1 de abril de 1940, Miguel cuenta a su esposa el trágico caso de algunos "compañeros que antes habían levantado las mismas paredes que hoy les tienen aquí". De ahí debe surgir este poema, que compone
por la noche de memoria, reteniéndolo en la cabeza hasta que puede poner-
lo a salvo en el papel. En él la piedra, rayo liberador cuando es completamente activa (en la honda del pastor, por ejemplo, como arma: tal sucedía en
su obra de teatro *Los hijos de la piedra*), se convierte en losa cuando atenaza
los cuerpos.

Cárdenos ceños, pasiones de luto.
Dientes sedientos de ser colorados.
15 Oscuridad del rencor absoluto.
Cuerpos lo mismo que pozos cegados.

Falta el espacio. Se ha hundido la risa.
Ya no es posible lanzarse a la altura.
El corazón quiere ser más de prisa
20 fuerza que ensancha la estrecha negrura.

Carne sin norte que va en oleada
hacia la noche siniestra, baldía.
¿Quién es el rayo de sol que la invada?
Busco. No encuentro ni rastro del día.

25 Sólo el fulgor de los puños cerrados,
el resplandor de los dientes que acechan.
Dientes y puños de todos los lados.
Más que las manos, los montes se estrechan.

Turbia es la lucha sin sed de mañana.
30 ¡Qué lejanía de opacos latidos!
Soy una cárcel con una ventana
ante una gran soledad de rugidos.

Soy una abierta ventana que escucha,
por donde ver tenebrosa la vida.
35 Pero hay un rayo de sol en la lucha
que siempre deja la sombra vencida.[14]

---

14 Leopoldo de Luis ha hecho notar cómo Miguel Hernández quiso reafirmar su esperanza corrigiendo una versión anterior a favor de ésta, definitiva, que en cierto modo contradice el título. Inicialmente, el poeta escribió: "Si por un rayo de sol nadie lucha / nunca ha de verse la sombra vencida". Pero cambió esos versos por los que cierran la composición, afirmando, sin género de duda, su fe en la luz y, en definitiva, en la libertad y la humanidad.

ÍNDICE ALFABÉTICO
DE TÍTULOS DE POEMAS
Y DE PRIMEROS VERSOS

ESTUDIO
DE LA OBRA

Documentos

1

POEMAS DE ADOLESCENCIA

1.1 Los «artificios interpuestos»

«Salta a la vista que la poesía bucólica con la que Miguel empieza y cuyo tema en él hubiera podido ser de primera mano —como lo fue en algunos poemas posteriores—, se basa más en modelos anteriores y tiende a lo sentimental, lo mismo que las escuelas huertanas. El poeta aún no sabe transformar sus propias vivencias en materia poética, y echa mano de artificios interpuestos. No hace aún poesía a la manera de Miguel Hernández, sino a la manera de los poetas tomados como maestros.»

Leopoldo de Luis y Jorge Urrutia, ed., Miguel Hernández, *Obra poética completa*, Alianza, Madrid, 1982, pp. 536-7.

1.2 Características de los poemas juveniles

«En su mayoría, estos poemitas iniciales son de arte menor, libremente combinados en algunas ocasiones y, en otras, siguen las fórmulas estróficas tradicionales de la poesía popular. Los temas que las inspiran los encontraba el poeta en el paisaje de su Orihuela natal, en la sierra y en la huerta oriolanas que recorría con sus cabras. Su vida de pastor se introduce en ellos y les presta su vocabulario agreste: "zagal", "zampoña", "zurrón", "hato", "chivo", "cordero", etc. Pero un claro instinto poético suaviza la rudeza de esos elementos y consigue versos llenos de gracia inocente. Mas también se advierte en otros un cierto desenfado, una enérgica valentía para tratar el lenguaje de un modo original.»

> Concha Zardoya, «El mundo poético de Miguel Hernández», en María de Gracia Ifach, ed., *Miguel Hernández*, Taurus, Madrid, 1975, p. 109.

2
PERITO EN LUNAS Y POESÍA PURA

2.1 Objetivos del gongorismo de Hernández

«Hay que matizar adecuadamente el gongorismo de Miguel Hernández, porque nos encontramos ante un caso muy especial. Para él, fue mucho más que una moda pasajera. Fue, casi, un auténtico calvario redentor. En 1932, Miguel Hernández era un poeta rústico y acomplejado, consciente de una rudeza que debía superar a toda costa. [...] Tenía dos objetivos que cumplir al hacer poesía gongorina, y los dos eran cuestión de vida o muerte para su trayectoria como poeta: a) adquirir una técnica, dominar un lenguaje; b) convertir lo cotidiano en tema digno de ser revestido poéticamente.

Para quien, como él, venía de un modernismo retórico, distendido y hueco, la necesidad de hacerse con un lenguaje ceñido y denso y con una técnica metafórica intensa era vital. Precisamente era la metáfora lo que permitía dignificar las realidades más bajas.»

> Agustín Sánchez-Vidal, «Introducción» a Miguel Hernández, *Perito en lunas. El rayo que no cesa*, Alhambra, Madrid, 1976, pp. 9-10.

2.2 La técnica del «acertijo poético» en *Perito en lunas*

«Esta poesía [es una] transmutación de la realidad. No es, como el *creacionismo* quería, un objeto poético nuevo, creado verdaderamente, sino una alusión metafórica —con metáfora a veces arbitraria— de algo concreto. La técnica consiste en tomar ese algo concreto y real como núcleo y asediarlo con una acumulación de alusiones metafóricas, hasta que el núcleo desaparece bajo la ola alusiva. Gerardo Diego ha llamado a este camino poético hernandiano que va de lo concreto a lo abstracto *acertijo poético*, con todo su encanto de juego imaginativo y de lujo barroco.»

> Leopoldo de Luis y Jorge Urrutia, *Op. cit.*, p. 44.

2.3 Textos de poética hernandianos

«¿Qué es un poema? Una bella mentira fingida. Una verdad insinua-da. Sólo insinuándola, no parece una verdad mentira. Una verdad tan preciosa y recóndita como la de la mina. Se necesita ser minero de poemas para ver en sus etiopías de sombras sus indias de luces. [...] El mar evidente, ¿sería tan bello como en su sigilo si se eviden-ciara de repente? Su mayor hermosura reside en su recato. El poema no puede presentársenos Venus o desnudo. Los poemas desnudos son la anatomía de los poemas. ¿Y habrá algo más horrible que un esqueleto? Guardad, poetas, el secreto del poema: esfinge. Que se-pan arrancárselo como una corteza.»

> Miguel Hernández, «Mi concepto del poema», en A. Sánchez-Vidal y J. Carlos Rovira, ed., Miguel Hernández, *Obra completa, III*, Espasa-Calpe (*Clá-sicos castellanos*, 29), Madrid, 1992, p. 2113.

«Poema.- Colóquese el poeta ante las cosas, en trance de ángel, crisis de hombre. Cotéjelas con el patrón exclusivamente único que él tenga de las cosas, y apodérese de éstas para crearlas otra vez, presentándolas bajo el carácter de su ilustración inesperada. Cuando el todo de las sensaciones producidas haya dado algunos, ¡bastan-tes!, hervores de gozo y agonía, viértalo, redundando de su vida, de su suceso interno, continuo, espumando a menudo, exento de su en-canto, al recipiente y —músico del verso formal— propende a derra-marse de otro modo.»

> Miguel Hernández, «Fórmulas (De poesía)», *Ibi-dem*, p. 2124.

3
EL RAYO QUE NO CESA

El influjo petrarquista

«*El rayo que no cesa* gira en torno a un eje amoroso, y no resulta im-procedente asegurar que este eje acepta una lectura biográfica seme-jante a la de los cancioneros concebidos a la manera petrarquiana. [...] En este poemario aflora una unidad de significado que se produ-cirá entre el poema inicial y el último.»

> José María Balcells, «Perspectiva petrarquista de *El rayo que no cesa*», *Insula*, nº 544 (1992).

4

POESÍA IMPURA

4.1 El amor como impulso poético

«El amor se convierte para Miguel en caudaloso venero de honda poesía, según él mismo nos confiesa: "cuando amo canto, cuando beso callo, como los ruiseñores". El amor en su aspecto sexual es, ante todo, una necesidad psicofísica, una tendencia ineludible y fatídica por surgir de la entraña misma del hombre. Es un irresistible impulso de la sangre que busca prolongarse en la posteridad. La sangre tiene en Miguel Hernández un sentido biológico y otro simbólico más hondo: es potencia vital y destino fatídico que arrastra al poeta al sexo y a su final e inevitable "sino sangriento"».

> Juan Cano Ballesta, *La poesía de Miguel Hernández*, Gredos, Madrid, 1962, p. 68.

4.2 Panteísmo

«Para [Hernández] la tierra y su ciclo vital están dentro del ámbito de lo sagrado. Esta concepción cósmico-sagrada, panteísta, del poeta, ha sufrido una evolución en su obra, estrechamente ligada por otra parte a su propia evolución personal. Cada uno de sus libros de poemas evidencian de un modo diverso su conexión con la tierra, por medio de la sangre, de la vida, de símbolos como la luna o el vientre de la mujer; y, al final, a través de elementos más profundos: el sentimiento del amor y el de la muerte.»

> G. Candela y M. J. Navarro, «El panteísmo en la obra de M. Hernández», *Ponencias y comunicaciones del I Congreso Internacional sobre Miguel Hernández*, Alicante, en prensa.

5

EL POETA REVOLUCIONARIO
Y EL DESENCANTADO

5.1 La poesía, el hombre y el pueblo

«La poesía es en mí una necesidad y escribo porque no encuentro remedio para no escribir. La sentí, como sentí mi condición de hombre, y como hombre la conllevo, procurando a cada paso dignificarme a través de sus martillazos.

Me he metido con toda ella dentro de esta tremenda España popular, de la que no sé si he salido nunca. En la guerra la escribo como un arma, y en la paz será un arma también aunque reposada.

Vivo para exaltar los valores puros del pueblo, y a su lado estoy tan dispuesto a vivir como a morir.»

> Miguel Hernández, «La poesía como un arma», en A. Sánchez Vidal, *Obra completa, III*, Espasa Calpe, Madrid, 1992, p. 2227.

5.2 Pesimismo y esperanza en *El hombre acecha*

«"El hombre acecha al hombre". Sí. Y Miguel lo sabe. Este libro es una primera constatación amarga. Una constatación que se reafirmará en poemas sucesivos, un año después, cuando se sienta "sólo por amor odiado". Respirar por esa herida —eso es, en último término, la poesía—, pudiera parecer pesimista, sobre todo si al oír verso y título se recuerda la frase *homo, homini lupus* que hizo suya el pesimismo de Thomas Hobbes. Pero, si bien se lee, Hernández no es un poeta inmerso en pesimismos porque siempre hay en su poesía un rayo de esperanza.»

> Leopoldo de Luis, «El hombre acecha (y Miguel lo sabe)», *Insula*, nº 544 (1992), p. 19.

6

CANCIONERO Y ROMANCERO DE AUSENCIAS

6.1 Un diario íntimo

«Sigo pensando que el proyecto o ideal de poesía que tenía Miguel Hernández en el punto crucial de su verdadera madurez de escritor y de hombre (una madurez trágicamente truncada por una muerte prematura), está contenida por entero en este diario íntimo —deliberadamente sin márgenes e ininterrumpido— que es su inacabado *Cancionero y romancero de ausencias*. Un diario íntimo con las ventanas abiertas de par en par sobre el mundo. [...] El exacto *pendant* de la etapa, creativamente muy feliz, de *El rayo que no cesa*, está ahí, en ese libro continuo donde la vida y la poesía se presentan y manifiestan confusas, como por otra parte llegan confusos en la vida los acontecimientos cruciales y los hechos fugaces y, en la poesía, el canto dolorido y la breve meditación, la composición orgánica y el fragmento episódico, hasta llegar a la interacción de dos líneas poéticas: el *cancionero*, o bien el *cancioneril* y el *romanceril* enlazados en una visión conflictiva, compleja, experimental, propia de un poeta que siente e interpreta dramática y "modernamente" su tiempo.»

> Darío Puccini, *Miguel Hernández: vida, poesía y otros estudios hernandianos*, Instituto de Estudios Juan Gil-Albert, Diputación de Alicante, 1987, p. 189.

6.2 Concisión lingüística y poética

«Estas pequeñas fórmulas tenaces y concisas tienen el poder, la esencia de todos los grandes símbolos y de los grandes temas de la obra. Podríamos oponer el desarrollo de los poemas mayores a las pequeñas frases breves, que encierran, en cuatro palabras, toda la prieta complejidad de los grandes poemas. [...]

La repetición fija los jirones de una realidad separada y dispersa que espera al conocimiento. En este sentido, el procedimiento reviste una importancia esencial. La *sustantivación* que se opera en la reducción de la frase desmenuzada constituye una como denominación violenta. La denominación como acto esencial de creación poética hacía que las cosas naciesen a la existencia sólo nombrándolas. Ahora *retiene* las últimas realidades rescatadas al derrumbamiento del mundo, los jirones del alma humana se quedan flotando perdidos entre el todo y la nada.»

> Marie Chevalier, *La escritura poética de Miguel Hernández*, Siglo XXI, Madrid, 1977, pp. 180-181.

6.3 Poesía y vida en el *Cancionero*

«Dice mucho de Miguel Hernández como poeta haber sabido escribir un libro de canciones sin parecerse nada a Lorca ni a Alberti, los dos maestros del género a la sazón. [...] Su originalidad frente a sus dos predecesores consistirá en la materia misma de las breves composiciones, que ahora se extraerán más directamente de la vida, pero a veces lo hace de manera simbólica e indirecta. Miguel Hernández inaugura en este libro, y en otros suyos, una dicción en que la vida queda aludida de un modo relativamente inmediato; en numerosas ocasiones características sentimos el poema incluso como manifestación autobiográfica.»

> Carlos Bousoño, «Notas sobre un poema de Miguel: "Antes del odio"», en María de Gracia Ifach, ed., *Op. cit.*, p. 258.

7
LA HERENCIA DE HERNÁNDEZ

7.1 Influjos de carácter general

«La huella de Miguel Hernández traspasa los límites posibles. Su muerte, acaecida en 1942, lo sitúa fuera de mi estudio. Sin embargo, no quisiera dejar de decir que su influencia se nota en: 1) La vuelta a una realidad —como belleza— de la expresión; 2) El gusto por un esencialismo amoroso y trágico. [...]

La influencia de *Cancionero...* y *El hombre acecha* sería enorme desde su publicación en 1952, y ya sin epidermis retórica como ha sido norma del "hernandismo" poético español, que en los sonetos de *El rayo que no cesa* (1936) bebió con hartazgo. Pero quiero aclarar que la gravitación de Hernández es, más que nada, expresiva. Todos los poetas surgidos en la posguerra están obligados, en más o en menos, a Miguel Hernández.»

> Manuel Mantero, *Poesía española contemporánea. Estudio y antología (1939-1965)*, Plaza y Janés, Barcelona, 1966, pp. 79-80.

7.2 El tema del toro en dos sonetos posteriores a Hernández

SONETO DIECINUEVE

Como el toro he nacido para el luto y el dolor.

M. Hernández

No como el toro, amor: sufro de amores
y estoy sólo a tu labio sometido.
Mejor que prado el toro, tengo un nido,
y mi luto es de alados resplandores.

Mejor que el toro, amor. Voces mejores
ordenadas por ti; más que vencido

estoy alzado, amor; si soy herido
lo soy por mis venablos interiores.

Vivo mi noche, amante desvelado,
habitado entre nubes por tus huellas.
Así sí, como el Toro, en el sosiego,

resido en este cielo que me has dado,
siendo mi guardia eterna las estrellas,
y Aldebarán, mi corazón de fuego.

José García Nieto

TORO

Es la noble cabeza negra pena,
que en dos furias se encuentra rematada,
donde suena un rumor de sangre airada
y hay un oscuro llanto que no suena.

En su piel poderosa se serena
su tormentosa fuerza enamorada,
que en los amantes huesos va encerrada
para tronar volando por la arena.

Encerrada en la sorda calavera,
la tempestad se agita enfebrecida,
hecha pasión que al músculo no altera:

es un ala tenaz enardecida,
es un ansia cercada, prisionera,
por las astas buscando la salida.

Rafael Morales

ANÁLISIS

1

POEMAS DE ADOLESCENCIA

1.1 Este grupo de poemas pertenece a lo que podríamos llamar la 'prehistoria' de Miguel Hernández (véase documento 1.1) y obedecen a un principio de **imitación de fórmulas líricas** ya anacrónicas a fines de los años veinte, en que la mayoría de los poemas fueron compuestos. No obstante, en ellos afloran ya algunos elementos personales bajo esos «artificios interpuestos».

> **a** ¿Sabrías rastrear (y valorar críticamente) las influencias que operan en los poemas 3, 5 y 6?

> **b** ¿Qué rasgos temáticos o estilísticos de estos poemas van a perdurar en parte de su obra posterior?

El **ruralismo**, ingrediente axial en la obra de Hernández, se decanta en los poemas juveniles por un **tratamiento bucólico** (documentos 1.1 y 1.2). Pero en ellos también podemos apreciar el incipiente **virtuosismo métrico** de su autor.

> **c** Compara las distintas perspectivas de aproximación a lo bucólico que aprecies en los poemas 1 y 3 y comenta sus diferencias.

> **d** Analiza el metro y la rima de estos dos poemas.

1.2 Los poemas 6, 7 y 9 se sitúan en la órbita de la **poesía regionalista**, generalmente de tono sensiblero, herencia de la poesía realista y naturalista.

> **a** ¿Con qué poetas de finales del siglo XIX relacionarías cada uno de esos poemas? ¿Qué historias nos cuenta cada uno de ellos y qué elementos tienen en común?

> **b** ¿Qué matices de distanciamiento autocrítico e irónico encuentras en el poema 9? ¿Qué rasgos y perspectivas retóricas lo diferencian de otros de este grupo, como el 3 y el 8?

1.3 El **poema 8** presenta rasgos que lo distinguen del resto de los seleccionados en este primer apartado.

> **a** ¿Qué ideología se pone de manifiesto en él y cómo la relacionarías con la del anterior («En mi barraquica»)? ¿Qué conexión hay entre la métrica o el ritmo de este poema y la ocasión a la que se destinó?

2

PERITO EN LUNAS

2.1 En los poemas de este libro no sólo es evidente la influencia directa de Góngora, sino también la del **gongorismo** a través de la lectura de otros poetas, particularmente del grupo del 27.

> **a** ¿A qué poetas (y libros) nos referimos?

> **b** ¿Qué aspectos formales y temáticos comparten estos poemas?

> **c** Haz una relación de recursos típicamente gongorinos utilizados por Miguel Hernández en *Perito en Lunas*.

En la Introducción (pp. XII-XIII) y en el documento 2.1 se exponen las motivaciones y **objetivos** del gongorismo hernandiano. Sin embargo, y tras la lectura de los poemas de adolescencia,

> **d** ¿Había ya en Miguel Hernández una tendencia hacia el barroquismo y la vertiente culta? Por otro lado, ¿qué conexiones temáticas podemos encontrar entre estos poemas y los de la etapa anterior?

2.2 En *Perito en lunas* predomina la acumulación de imágenes visuales y la técnica, entre lúdica y conceptual, del **acertijo** (véase documento 2.2).

<u>a</u> Analiza la técnica a que alude dicho texto en los poemas 11, 14 y 15. ¿Cuál de ellos te parece más hermético y cuál más sencillo?

El **afán de hermetismo** y la exhibición de dominio técnico propios de este libro llevan a Hernández a forzar tanto el alejamiento entre metáfora y referente que en ocasiones parece caer en un arbitrario juego conceptual.

<u>b</u> Señala ejemplos de ello en las octavas 11, 12 y 16.

2.3 Los documentos recogidos en 2.3 tienen un especial interés por tratarse de teorizaciones del propio poeta sobre su **credo poético**.

<u>a</u> ¿Qué diferencias hay entre ambos textos y cómo se relacionan esas ideas con *Perito en lunas*?

<u>b</u> ¿Hay algún poema de este grupo que contenga —además de una estética deshumanizada y preciosista— cierta carga emocional o subjetiva?

Como ya se comentó en la Introducción, Miguel Hernández toma en este libro la realidad más cotidiana como tema u objeto poético; a veces, incluso, se ocupa de lo **vulgar** y lo **escatológico** (es el caso de las octavas XXXIV y XII —no incluidas en nuestra selección—, sobre el huevo y la defecación respectivamente).

<u>c</u> ¿Guarda la elección de estos temas alguna relación con su credo poético en esos años?

3
POESÍA PURA

3.1 El **poema 20** es una original elegía, aunque la abundancia de imágenes y su dificultad parecen sofocar el verdadero desgarro emocional propio de toda elegía.

<u>a</u> ¿Qué elementos de intensificación retórica se emplean en él? Comenta, en particular, algunas imágenes. ¿A quiénes se dirige el poeta en cada parte?

El poema presenta todos los componentes que son característicos de toda **elegía**: evocación-narración de la muerte, panegírico, planto e imprecación contra la muerte y su causa.

b Localiza todos esos elementos.

3.2 Los **poemas 21 y 22** se centran en el **tema taurino**, muy querido para Hernández, como lo es también para algunos poetas del 27. Pero cada una de estas poesías plantea una perspectiva bien distinta de la fiesta nacional.

a ¿Quién es el protagonista en cada caso y qué diferentes valores simboliza el toro? ¿Qué poema es más emotivo? ¿En qué forma estrófica está escrito cada uno y cómo se adapta a la diferente perspectiva adoptada?

b Analiza en cada caso los núcleos argumentales en que se nos describen los sucesivos lances de la lidia.

A la muerte del torero Ignacio Sánchez Mejías (poema 22) también dedicaron sendas elegías Lorca («Llanto por Ignacio Sánchez Mejías») y Alberti («Verte y no verte»). Como actividad adicional,

c Compara las diferentes perspectivas emocionales y estilísticas de cada uno.

3.3 En el **poema 23** encontramos el primer pulso poético de Miguel Hernández con su propia interioridad doliente: el tema de la **pena íntima** que cobrará a partir de ahora mayor protagonismo y desgarro.

a ¿Qué diferencia estilística y de tono encuentras entre este poema y los anteriores? ¿Cuál parece ser la raíz de la pena?

b Trata de valorar la incidencia en el poema de los términos rurales y de las expresiones coloquiales.

3.4 En los **poemas 24 y 25** se deja sentir la **influencia de Sijé** en la poesía de Hernández.

a En el poema 24, ¿qué actitudes se reprochan y cuáles se exaltan en el campesino? Compara las ideas aquí expresadas con las que aparecen en la nota 4 de las pp. 112-113.

3.5 «**El silbo de afirmación en la aldea**» es una recreación del tópico clásico del *beatus ille*, que desde Horacio había llegado a nuestro Siglo de Oro (Fray Antonio de Guevara, Fray Luis de León, Fernández de Andrada...). En el poema de Hernández, no obstante, laten la inadaptación y las dificultades de su estancia en Madrid.

> [a] ¿Qué dos partes distinguirías en el poema? Construye un campo semántico con los vocablos de connotaciones urbanas y otro con los de connotaciones rurales. Analiza el contraste que se produce entre esos dos mundos.

Las vanguardias trajeron a la poesía una mayor libertad tanto en la selección de temas como en el aspecto formal. En este poema se deja sentir el **influjo vanguardista**.

> [b] Señala algunos de sus rasgos vanguardistas.

3.6 Los **dos sonetos** que cierran esta sección son buenos ejemplos del virtuosismo formal que el poeta consigue en esta difícil estrofa, y también del sentido trágico con que a partir de este momento va a plantear la pasión amorosa.

> [a] ¿Qué diferencias de tema y tono encuentras entre los dos sonetos y qué aspectos tienen en común?

La pena del primer soneto y la dependencia de la amada en el segundo tienen **reminiscencias petrarquistas** (documento 3).

> [b] Indica cómo se materializa esa influencia y cómo la trasciende Hernández.

4
EL RAYO QUE NO CESA

4.1 La unidad de este libro viene determinada por su meditada estructura y, particularmente, por la **frustración** y la **visión trágica** con que se plantea el tema amoroso. Buen ejemplo de ello es el **poema 31**, que sirve de pórtico al libro.

> [a] ¿Qué símbolos e imágenes revelan la pasión y frustración del poeta? ¿Por qué califica el amor de 'dulce' y 'homicida' a la vez? Analiza esa dialéctica en todo el poema.

4.2 Los **sonetos 32 y 35** tienen un tono trágico y existencial que contrasta con la anécdota más tierna e intrascendente del soneto 34.

[a] ¿Qué imágenes predominan en los sonetos 32 y 35?

[b] ¿Cuál es la actitud de la mujer que se desprende de la anécdota del poema 34 y cómo afecta al poeta tal actitud?

4.3 El **toro** se convierte en un símbolo de especial relevancia en este libro. Así podemos constatarlo en los aludidos poemas 32, 35 y, sobre todo, en el 38.

[a] ¿Qué valor simbólico se atribuye al toro?

[b] Haz un recuento de las imágenes violentas que en ellos encuentres y trata de interpretar su valor estilístico.

Lo frustrante de la pasión erótica alcanza en el **poema 38** una significación que trasciende lo personal.

[c] ¿Cómo se funden en él lo particular de la experiencia íntima con lo universal y trascendente del destino humano?

4.4 La publicación de *El rayo que no cesa* consagró a Miguel Hernández como poeta. El libro es, ciertamente, un prodigio de **maestría técnica** que revelaba una voz auténtica y apasionada.

[a] Analiza la estructura y los recursos expresivos —y su valor estilístico— de los poemas 32 y 37.

Quizá te haya llamado la atención el contraste entre lo arrebatado de buena parte de los poemas de este libro y cierto encorsetamiento a que obliga el **molde estrófico** escogido.

[b] Haz una reflexión sobre esta relación entre forma y contenido.

4.5 El poema-eje de todo el libro **(36)** es también el más largo y el menos sujeto a un rígido molde estrófico. La base expresiva se fundamenta en la dialéctica tú/yo, pero,

[a] ¿Qué rasgos especiales adquiere tal dialéctica en este poema? ¿De qué amenaza se previene a la amada? ¿Qué papel desempeña ésta para el poeta?

[b] ¿Qué vestigios del amor cortés o del petrarquismo percibes?

4.6 La **«Elegía»** a Ramón Sijé es un extraordinario poema en que se funden, según ha señalado Sánchez Vidal, los tres ejes que vertebran el mundo poético hernandiano: vida, amor y muerte.

[a] ¿Cómo quedan integrados en el poema?

En él alternan la aceptación e imprecación a la muerte con la consolación y sublimación.

[b] Señala cada uno de esos aspectos.

[c] ¿Qué rasgos de este poema coinciden con el tono y la 'poética' del resto del libro?

5
POESÍA IMPURA

5.1 El poema **«Sonreídme»** es uno de los documentos más expresivo de la radical ruptura de Miguel Hernández con el mundo provinciano y con los condicionamientos religiosos del contexto social e ideológico de Orihuela, y, particularmente, con la tutela ideológica de su amigo Ramón Sijé. Repasa las palabras de Neruda transcritas en la Introducción (pp. XXIII-XXIV).

[a] ¿Afloran las ideas de Neruda en el poema de Hernández? Basándote en estos versos, expón las nuevas claves ideológicas y estéticas de Miguel. ¿En qué o en quiénes se centran las referencias negativas o descalificadoras del poema?

[b] ¿Qué pervivencias temáticas o sentimentales aprecias en él de *El rayo que no cesa*?

5.2 Los **poemas 41 y 42** están dedicados a sendos poetas que en estos momentos influyeron de forma decisiva en la obra y en la evolución ideológica de Hernández: Neruda y Aleixandre. Cada uno de los poemas es un homenaje a uno de estos poetas y se aproxima a su estilo y sus preocupaciones respectivas, aunque ambos comparten la **forma expresiva surrealista**.

[a] Enumera y comenta los rasgos surrealistas más importantes de ambos poemas.

[b] ¿Qué cauce métrico se ha empleado y por qué?

[c] ¿Cómo se funde lo social y lo existencial en el poema 41?

El tono dionisíaco o dramático, el vino y el mar, tienen respectivamente en cada poema un sentido y una función similares a las de los poetas homenajeados.

[d] ¿Qué valor adquieren en cada caso esos elementos?

5.3 El desgarro de los poemas de esta etapa hernandiana culmina en algunos versos de **«Vecino de la muerte»** o de **«Mi sangre es un camino»**. No obstante, en ambos poemas hay una superación de la idea de la muerte y un tono cósmico que se impone sobre la frustradora y egocéntrica pena de *El rayo que no cesa*.

[a] Analiza este aspecto. ¿Qué sentido adquieren, respectivamente, la muerte o la sangre? Lee los documentos 4.1 y 4.2.

[b] ¿Qué semejanzas y divergencias encuentras entre la concepción amorosa desarrollada en el poema 36 y en el 44?

6

VIENTO DEL PUEBLO

6.1 Hay una gran diferencia de perspectivas emocionales, estéticas e incluso ideológicas entre la **elegía dedicada a García Lorca** (poema 46) y la otra más famosa a Ramón Sijé (39).

[a] Señala y comenta, con ejemplos, algunas de esas diferencias.

6.2 Buena parte de los poemas de este libro están condicionados por la **experiencia de la guerra civil**. Lee el documento 5.1 y las palabras de Miguel Hernández a Nicolás Guillén y a Aleixandre recogidas en la Introducción (p. XXVIII).

[a] ¿Qué sentido personal adquiere la guerra para Miguel Hernández y qué repercusión tuvo en su concepción de la poesía y en su propia maduración como poeta y como hombre? Considera el poema 47 a la luz de esos textos.

[b] ¿En qué medida determina el destinatario de esta serie de poemas su contenido, forma y estilo?

6.3 **«El niño yuntero»** es una espléndida práctica poética de lo que Hernández manifiesta en el citado documento 5.1 o en sus palabras recogidas en la amplia nota al poema.

[a] ¿Qué predomina en este poema, lo ideológico o lo emocional? ¿Consigue Hernández fundir ambas dimensiones?

6.4 Los **poemas 49, 50 y 51** tienen, en cambio, un carácter más abiertamente **combativo y militante**, tal y como se expresa en el reiterado documento 5.1, según el cual la poesía debe ser un arma de la lucha ideológica.

[a] ¿Qué opinión te merecen esas ideas? ¿Debería la poesía mantenerse al margen de todo compromiso social o ideológico?

En algunos de esos poemas se aprecia cierta **retórica de tono declamatorio**, incluso panfletario, característica de una poesía pensada en muchos casos para ser recitada en el frente de guerra.

[b] Comenta, con algunos ejemplos, estos rasgos retóricos.

«Las manos» establece las diferencias social, moral e ideológica entre las llamadas «dos Españas», que son las que se enfrentan en la guerra civil.

[c] ¿Qué simbolizan las manos en este contexto? ¿Cómo se representa a cada uno de los dos bandos?

El **poema 51** es de una gran originalidad tanto por su tema como por la proyección trascendente que se da al sudor como símbolo.

[d] ¿Qué diferencia social marca el sudor? ¿Se ha operado alguna inversión respecto a lo que comporta el sudor?

6.5 La **«Canción del esposo soldado»** es quizá uno de los mejores poemas de Hernández; en él se funden ternura e ideología, intimidad y colectividad, amor y revolución.

[a] Destaca los momentos que consideres de mayor delicadeza y pasión amorosa y aquellos otros en los que domine la vertiente militante. Razona el modo en que ambas direcciones temáticas confluyen y se complementan.

[b] ¿Cómo justifica Hernández en este poema la necesidad de la muerte y la violencia de la guerra?

6.6 En la Introducción (p. XXVI) se señala que en *Viento del pueblo* se ponen de relieve tres fuentes de la solidaridad humana: el vientre femenino, la tierra y la palabra.

> **a** ¿En qué poemas de los seleccionados de *Viento del pueblo*
> tienen esos elementos una especial relevancia?

7

EL HOMBRE ACECHA

7.1 Este libro se suele considerar como la antítesis del entusiasmo
bélico que se derrochaba en *Viento del pueblo*; y, en efecto, el **dolor
y el odio** se enseñorean de buena parte de esta colección de poemas; de ahí que pueda resultar equívoco el título de "Canción" dado
a las dos poesías que, respectivamente, abren y cierran el libro.

> **a** ¿Qué sentido tendrá entonces ese título? ¿Qué diferencias
> hay entre uno y otro poema y qué significado tiene su respec-
> tiva colocación? Haz una valoración de los versos 9-14 del
> poema 60 en relación sobre todo con el erotismo de *El rayo.*

Como ya se ha señalado en la Introducción y notas, el **poema 55**
constituye el eje, que, junto a las dos "Canciones", vertebra el libro.

> **b** ¿Qué elementos comunes tienen estos tres poemas y qué los
> distingue de los restantes de *El hombre acecha*?

7.2 En la Introducción (p. XXXIII) se habla del conflicto interno de
Hernández entre su ansia de paz y amor familiar y su necesidad de
justificar la guerra, evidente ya en el libro anterior. Pero lo cierto es
que la lectura de poemas como el **54, el 56 y el 58** producen en el
lector la sensación de una **honda amargura** por la violencia.

> **a** ¿Qué elementos comparten estos poemas? ¿Qué importancia
> relativa tiene en ellos la esperanza?

> **b** ¿Qué sentido trascendente tienen la sangre y los miembros
> del hombre para Hernández?

7.3 El poema «**Pueblo**» (57) es algo más optimista que los anteriores; en él Hernández hace una verdadera **propuesta antibelicista** y
una radiografía del sentir revolucionario.

> **a** Analiza a este respecto las estrofas cinco y seis y valora la
> efectividad estilística de sus imágenes. Interpreta las imáge-
> nes de corte surrealista y de naturaleza más dramática.

7.4 En **«Llamo a los poetas»** podemos constatar la idea que Miguel tiene en estos momentos de la función que debe tener la poesía.

> [a] Coméntala.

Lee, para terminar el documento 5.2.

> [b] ¿Coincidirías con la opinión de Leopoldo de Luis, por lo que sabes de los poemas seleccionados en este libro?

8
CANCIONERO Y ROMANCERO DE AUSENCIAS

8.1 Entre el poema que inaugura esta sección (61) y el que la cierra (88) podemos establecer, pese a sus diferencias formales, una relación de tema y símbolos que resulta elocuente del conjunto del libro.

> [a] Comenta brevemente los aspectos aludidos.

8.2 Un ejemplo magistral de la **sencillez** y, al tiempo, la **hondura** que el estilo hernandiano logra en este libro nos la ofrecen los **poemas 64 y 65.** A este propósito se ha hablado (documentos 6.1 y 6.2) de «visión conflictiva, compleja, experimental» y de fórmulas concisas que sintetizan todos los grandes símbolos del autor.

> [a] Considera cómo se cumplen, en estos dos poemitas, las ideas expuestas por Chevalier y Puccini en esos textos.

En la misma línea de brevedad y densidad expresiva, el **poema 68** es una escalofriante radiografía de la España del fin de la guerra.

> [b] ¿Qué elementos se destacan como símbolos de la desolación? Analiza el valor estilístico de la rima —y su variación en el pareado final— y del estilo nominal empleados.

8.3 La **muerte del primer hijo** del poeta es uno de los motivos reiterados del libro, por lo que éste cobra a veces el tono desgarrado de lo elegíaco; es el tema de los **poemas 69 y 70.**

> [a] ¿Desde qué perspectivas se aborda en cada caso la muerte del hijo? ¿Qué connotaciones adquiere en el primero el *leit-motiv* anafórico de «mi casa»? ¿Cómo se enlazan en él las ideas de hoyo / sombra-luz / lluvia?

b ¿Qué posibles sentidos cobra la imagen de la golondrina que se reitera en ambos poemas?

8.4 El **vientre de la mujer** como madre y como único y último refugio de la libertad y de la vida es otro de los temas centrales del poeta que adquiere especial relieve en este libro; es el caso, entre otros, de los **poemas 71, 72, y 75.**

a ¿Qué sentido tiene el amor en el poema 71 y cómo se cumple en él esa «tendencia ineludible y fatídica» de que habla Cano Ballesta en el documento 4.1? ¿Qué diferencias encuentras respecto al erotismo de poemas como el 38?

8.5 Conformado en un tríptico de elaborada estructura, **«Hijo de la luz y de la sombra»** es uno de los poemas que mejor resumen la cosmovisión de Hernández: hombre y mujer, vida y muerte, naturaleza, armonía y circularidad son algunos de sus elementos claves.

a Analiza algunos de los símbolos más importantes y el sentido de la dialéctica luz / sombra que recorre todo el poema. ¿Qué importancia tiene el hijo (parte III) en esa cosmovisión?

8.6 La forma popular del **romance** adquiere en este libro de Hernández una intensidad emotiva que dimana del hecho de ser empleado —como señala Bousoño en el documento 6.3— para manifestaciones autobiográficas en que lo narrativo y lo lírico confluyen en dramática expresión de una vida perseguida. Así, los poemas 76, 77, 79, 80 y 85 constituyen un grupo de romances largos unidos, además de por la estrofa, por un tono desgarrado y, con frecuencia, desolador. En casi todos ellos, además, el **amor** es el tema principal.

a ¿Qué función desempeña el amor en los poemas 76, 79 y 85?

8.7 Algunos de los poemas de Miguel escritos en la cárcel fueron motivados por circunstancias personales aclaradas en nota. Es el caso de **«Ascensión de la escoba»** (78) o las famosísimas **«Nanas de la cebolla»** (81). Ambos son ejemplos de autenticidad y, sobre todo, de originalidad.

a ¿Qué estrofa emplea en cada caso y a qué atribuyes su elección?

Las **«Nanas»** es un poema de conmovedora ternura.

[b] ¿Qué elementos se destacan en la descripción del hijo?

8.8 En los **poemas 86 y 87** volvemos a encontrarnos con moldes poéticos alejados de la canción o el romancero populares; también el simbolismo alcanza mayor profundidad ideológica y el estilo es más complejo. En ambos se trasluce un radical **pesimismo** en el que parece haber desaparecido aquel rayo de esperanza de que habla Leopoldo de Luis en el documento 5.2.

[a] Analiza, en el poema 86, las imágenes que se sirven del vuelo como representación de la libertad o el amor. Señala a qué otras imágenes se oponen.

[b] ¿Qué impide el 'vuelo' en el poema 87?

9

TEMAS Y CUESTIONES DE SÍNTESIS

9.1 La temática de la **naturaleza** —animal o vegetal— es un elemento recurrente en toda la obra hernandiana. No obstante, la importancia y la función poética que se le asigna es muy variada. Enumeremos algunas de sus funciones: a) Se identifica con la bondad y la pureza humanas; b) Es el simple marco de una escena; c) Protectora del hombre; d) Fuerza germinal y exaltación de la vida; e) Símbolo de un destino personal; f) Motivo de exaltación plástico o simple pretexto poético; g) Metaforización de la fisiología erótica femenina; h) Esclavizadora del hombre por el trabajo...

[a] Trata de identificar dichas funciones en algunos poemas de nuestra selección. Puedes tener en cuenta, entre otros, los siguientes poemas: 3, 6, 9, 16, 19, 23, 24, 26, 36, 37, 38, 45, 48, 54, 51, 71. ¿Qué valor lírico o emocional tiene la naturaleza en cada caso? ¿Apuntarías alguna otra función a las ya señaladas? ¿Cuál de todas ellas dirías que es más frecuente o dominante en el conjunto de la poesía de Hernández?

9.2 El **amor** es uno de los temas centrales de la poesía hernandiana; pero también sus matices y tratamiento son variados y van ligados a la evolución personal y poética del autor.

[a] Enumera y describe, por medio de los respectivos ejemplos líricos, al menos ocho de esos matices o variantes (desde el erotismo solitario a la culminación amorosa conyugal).

[b] Desde tu punto de vista, ¿en qué ocasiones alcanza un mayor grado de emoción humana y/o de perfección poética?

De entre las numerosas manifestaciones del amor, **el beso** es una sobre las que más recala Hernández. Prestemos atención, por ejemplo, a los poemas 62, 63 y 34.

[c] ¿Qué diferencias encuentras entre el sentido que tiene el beso en los dos primeros poemas y en el último? ¿Qué relación aprecias entre el poema 62 y el 74, o entre el 63 y algunas de las ideas centrales de los poemas 44 y 52?

9.3 A lo largo de su evolución poética, el **estilo** de Miguel Hernández tiende a menudo hacia la **expresión barroca**. Ello es patente, con diferentes matices, en varios de sus libros.

[a] Selecciona media docena de poemas de entre sus diferentes etapas poéticas y anota una serie de rasgos en cada uno de ellos en que el estilo barroco se ponga de manifiesto.

Parte importante de su estilo la constituye la abundancia de **metáforas y símbolos**. Algunos de ellos, aunque con diversos valores, se reiteran a lo largo de toda su obra; son símbolos como la luna, el toro, el mar, el vientre femenino, la sangre, el rayo, la noche, la boca, el hijo...

[b] Localiza al menos dos poemas para cada uno de dichos símbolos y comenta su valor.

[c] ¿Tiene alguno de ellos especial relieve en algún libro? ¿Hay otros referentes que tengan valor simbólico destacable?

9.4 La **ideología** de Hernández evoluciona de forma tan rápida y radical como su propio estilo y su concepción poética. En la presente selección hay un apreciable número de lo que podríamos llamar "poemas cívicos". Relee, entre otros, los poemas 8, 24, 47, 57 y 88.

[a] ¿A qué tipo de compromiso ideológico y a qué contexto de su evolución biográfica —y estilística— se adscriben estos poemas?

b ¿Crees que el carácter 'épico' de estos poemas elimina la vertiente emotiva de la poesía hernandiana o —sobre todo— perjudica sus valores literarios?

Repasa el documento 5.1 del propio Miguel Hernández.

c Analiza la relación entre teoría y práctica poética en los poemas sociales a partir de *Viento del pueblo*. ¿Implica la poesía solidaria una renuncia al subjetivismo?

9.5 Cada una de las etapas que se han ido señalando en la evolución poética de Hernández es bastante uniforme tanto por lo que se refiere a **moldes métricos** como a **usos estilísticos**.

a Apunta, en esquema, los tipos de versos y estrofas que predominan en cada una de esas etapas e intenta dar una explicación razonada de la correspondencia estilística entre contenidos y formas expresivas.

b Resume, de forma muy general, en una síntesis similar a la anterior, los rasgos de estilo dominantes respecto al léxico y las figuras retóricas más frecuentes en cada etapa.

10

COMENTARIO DE TEXTO I
[POEMA 27]

Para el Miguel Hernández de esta etapa, la palabra «silbo» tiene connotaciones místico-literarias. En este poema se pone de relieve el esfuerzo de la naturaleza hacia una **aspiración ascético-mística**.

a ¿Se implica el poeta en esa aspiración o es sólo un proceso de la naturaleza? ¿Qué elementos cotidianos se enumeran y qué valor simbólico encierran para Hernández?

Algunos críticos han señalado la importancia del **paralelismo** y la **simetría** en la poesía de Hernández. En este poema la estructura paralelística se funde con la concatenación típica de formularios, canciones y retahílas populares.

b ¿Qué valor rítmico y expresivo confiere esa técnica al poema? ¿Qué tipo de metro y estrofa se ha empleado?

⟨c⟩ Comenta la gradación que se produce y el empleo de la estructura basada en la "diseminación-recolección".

⟨d⟩ ¿Qué recursos fónicos y semánticos marcan el clímax?

Este poema se aleja de la estética gongorina de *Perito en lunas*, no ya sólo por la forma, sino también por el contenido.

⟨e⟩ ¿Qué distinta función cumple en él la naturaleza respecto, por ejemplo, al poema 17? ¿Qué relación guarda el léxico rural con la tradición de la poesía mística? ¿Qué sentido tiene la aparición de los cuatro elementos básicos de la naturaleza?

⟨f⟩ Analiza brevemente las diferencias de este poema con «El silbo de afirmación en la aldea» (poema 26).

11

COMENTARIO DE TEXTO II
[POEMA 32]

Este poema es muy representativo del libro al que pertenece; su primer verso, de hecho, es una paráfrasis del título del libro.

⟨a⟩ ¿Qué claves semánticas o simbólicas se desarrollan en el poema y hasta qué punto constituyen el *leit-motiv* del libro? ¿Hay en el poema resonancias de la tradición amorosa medieval (cortés) y renacentista (petrarquista)? ¿Qué tiene de pasión amorosa y qué de angustia existencial su visión atormentada?

La **perfección** con que Hernández maneja el **soneto** es admirable; sin embargo, el encorsetamiento a que obliga este poema-estrofa puede no parecer el más apropiado para la pasión que el poeta despliega.

⟨b⟩ ¿Qué función estilística cumple aquí el soneto?

⟨c⟩ ¿Cómo se desarrolla el argumento a partir de la doble base metafórica de fuego («rayo») y piedra («estalactita»)? ¿Cuál es la estructura del poema? ¿Qué valor ordenador y estilístico tienen el paralelismo y la correlación?

El **tono trágico** es la nota distintiva del poema.

⟨d⟩ Señala las connotaciones de esa índole construyendo un campo semántico centrado sobre la idea de la violencia.

e ¿Qué valor expresivo tienen las interrogaciones retóricas y los contrastes temporales entre futuros y presentes?

La influencia de la **retórica barroca**, especialmente del conceptismo quevediano, es señalado por toda la crítica como elemento clave del estilo de Hernández en esta etapa.

f Localiza y comenta el valor de figuras literarias tan característicamente barrocas como las hipérboles, personificaciones, bimembraciones, símiles...

g Analiza todas las metáforas y su correlación en el poema. Comenta el valor estilístico de los adjetivos.

12

COMENTARIO DE TEXTO III
[POEMA 44]

El tono desgarrado y violento, la atormentada necesidad de amor y las obsesivas premoniciones de muerte, que ya estaban presentes en *El rayo que no cesa*, siguen constituyendo el motivo esencial de este poema "impuro", aunque ahora desde un enfoque algo menos individualista, más trascendente y, si cabe, más dramático.

a ¿Qué distintas vertientes temáticas confluyen en el poema? ¿De qué modo resume el título la clave ideológica en que se sustenta el poema? ¿Qué carácter trascendente adquieren aquí el amor, la sangre, el destino individual del hombre?

Un tema tan hernandiano como el del **erotismo** pasa a primer plano en los versos 53-65.

b ¿Cómo se expresa ese erotismo y qué diferencias encuentras entre los dos grupos estróficos que lo desarrollan?

En esta etapa abandona Hernández el rígido molde del soneto, adoptando una **fórmula de versificación libre**, aunque, como puede observarse en este poema, mantenga una cierta regularidad.

c ¿Qué tipo de versos predominan y qué valor rítmico aportan? ¿Cómo explicas la división en grupos estróficos? ¿Puede dividirse el contenido en partes, o no hay ordenación lógica?

Las abundantes **imágenes** del poema marcan también un notable cambio estilístico pues se produce una desvinculación entre el plano metafórico y el real que tiende a la **irracionalidad poética.**

[d] Analiza las imágenes que localices entre los versos 12 y 30, y explica ese elemento de irracionalidad. ¿Podríamos hablar aquí de surrealismo?

La **violencia expresiva** es recurrente en el estilo de Hernández, aunque en este poema cobra especial relieve.

[e] ¿Qué animales, acciones y objetos de connotaciones peyorativas o hirientes se mencionan? ¿Qué valor estilístico tienen esas referencias? ¿Perviven elementos léxicos de lo rural? ¿Por qué?

13

COMENTARIO DE TEXTO IV
[POEMA 54]

«El herido» es uno de los poemas más logrados de *El hombre acecha*, aunque su tono esperanzado no sea la característica más acusada del libro. En el poema late una dimensión trascendente del dolor y de la muerte.

[a] ¿Qué tema constituye el eje argumental del poema y del libro? ¿Desde qué perspectiva se enfoca la solidaridad y la esperanza? ¿Quién es el emisor?

El poema está **estructurado** en dos partes de similar extensión.

[b] ¿Qué cambios de tono o perspectiva se producen de una a otra parte? ¿Se pueden distinguir otras subdivisiones temático-expositivas en cada una de ellas?

La poesía está escrita en una **forma estrófica** original que Hernández emplea en más de una ocasión.

[c] ¿Qué tipo de verso y estrofa utiliza? Valora su pertinencia.

En las tres primeras estrofas la sangre es identificada o comparada con distintos **elementos de la naturaleza.**

[d] ¿Qué carga connotativa tienen tales elementos? ¿Hay alguna semejanza simbólica con los poemas 41 y 42?

En la **primera parte** del poema utiliza Hernández toda una serie de **recursos expresivos** que deben señalarse.

e Anota las polípotes de la estrofa primera y su valor expresivo.

f ¿Qué connotaciones ascensionales hay en la segunda estrofa y cómo se expresan?

g ¿Qué valor tienen las apelaciones de la cuarta estrofa?

h Analiza las reflexiones de la quinta y sexta estrofas, las imágenes de esperanza y la emoción con que se expresan.

En la **segunda parte** del poema se deriva hacia una exaltada y emocionada defensa de **la libertad** que da pleno sentido al herido.

i ¿Qué figuras retóricas y fórmulas morfosintácticas ligan las tres primeras estrofas? ¿Qué valor estilístico tienen?

j Analiza los símiles y metáforas con que se reafirma la esperanza en las últimas dos estrofas.

14
COMENTARIO DE TEXTO V
[POEMA 66]

En este poema se reitera de forma obsesiva una idea, la de la **ausencia**.

a ¿De qué ausencia o ausencias se trata? ¿Se sintetiza en el poema el sentido que se quiere dar al libro al que pertenece?

Las figuras basadas en la **repetición** son muy del gusto de Miguel Hernández.

b Señala las distintas figuras basadas en la repetición fónica, semántica o morfosintáctica y explica su valor estilístico.

En el poema se da una **gradación de intensidad** que refuerza el dramatismo latente en él.

c ¿Qué ordenación sensorial sigue la exposición del poema y qué sentido puede atribuírsele a esa ordenación? ¿Cuál es el clímax del poema? ¿Cómo interpretas la desaparición del "tú" dialógico en los dos últimos versos?

La sencillez estilística coexiste en el poema con un denso **contenido conceptual**, expresado en ocasiones con imágenes de más difícil interpretación.

> [d] Comenta el sentido de todas las imágenes del poema.

> [e] ¿Por qué está el poema estructurado en grupos de dos versos? ¿Qué sentido tiene el uso del presente?

15
EL AUTOR EN SU TRADICIÓN

A) INFLUENCIAS ASIMILADAS

Todo escritor es hijo de una tradición literaria que marca su formación. Este axioma general parece más determinante, o al menos se hace más evidente, en un poeta de formación básicamente autodidacta, como es el caso de Miguel Hernández. Sin embargo, su conciencia de superación y de búsqueda de la propia voz le hace tomar los modelos más como estímulo creativo que como ejemplos que imitar. Por eso, si exceptuamos los poemas de la adolescencia, su poesía se caracteriza por la originalidad de tono y estilo hasta el punto de que, aun en los poemas más cercanos a los modelos, la voz personal domina sobre las deudas, que él nunca oculta.

15.1 La poesía de la **etapa adolescente** recibe influencias, como ya se ha apuntado, del Romanticismo, del Modernismo y de las corrientes regionalistas. «En mi barraquica» (7), por ejemplo, está directamente inspirado en la poesía del murciano Vicente Medina.

> [a] Localiza en alguna antología poemas de Vicente Medina («La cansera» suele encontrarse con facilidad) y analiza las influencias de tono y de lengua sobre Hernández.

15.2 «**Sexo en instante, 1**» (poema 13) está encabezado por la cita de dos décimas, una atribuida a Góngora y otra de Jorge Guillén. Ambos poetas —el primero de ellos, en particular— ejercieron una notable influencia en esta etapa hernandiana. Las décimas completas dicen así:

Atrevida confianza,
Girando con paralelos,
Emulación de los cielos,
Sublime proeza alcanza;
Fija en nivel la balanza
Con afecto fugitivo
Fulgor de mancebo altivo,
Y para casos supremos,
Oriente une, sin extremos,
De amor el ocaso vivo.

(Atribuida a Góngora)

¡Hacia ti que, necesaria,
Aún eres bella! (Blancura,
Si real, más imaginaria,
Que ante los ojos perdura
Luego de escondida por
El tacto.) Contacto. ¡Horror!
Esta plenitud ignora,
Anónima, a la belleza.
¿En ti? ¿En quién? (pero empieza
el sueño que rememora.)

Jorge Guillén

a ¿Qué aspecto de cada una toma Hernández para su octava? ¿A cuál de ellas se encuentra más próximo el estilo y desarrollo argumental del poema? ¿Influyó mucho el molde de la décima en las octavas hernandianas de *Perito en lunas*?

15.3 El **poema 23** recuerda algunos poemas clásicos en los que se juega con los mismos conceptos y hasta con las mismas formas del lenguaje. En el cancionero popular medieval encontramos el estribillo: «¡Ay, que non era, mas ay que non hay / quien de mi pena se duela!». En el cancionero culto encontramos este ejemplo de Florencia Pinar: «Ay que hay quien más no vive / porque no hay quien d'¡ay! se duele / y si hay, hay que recele; / hay un ¡ay! con que s'esquive / quien sin ¡ay! vivir no suele». De Quevedo es el poema: «Refiere su nacimiento y las propiedades que le comunicó», que tiene a su vez un antecedente en el romance medieval: «Parióme mi madre / una noche oscura». Miguel Hernández no desconocía toda esta tradición.

a Localiza esos poemas y trata de valorar la aportación y la originalidad de Miguel Hernández en su poema.

b ¿A cuál o cuáles de esos poemas se halla más próximo el de Hernández?

15.4 La **influencia de Quevedo** en *El rayo que no cesa* es evidente, pero la crítica ha señalado referencias concretas, especialmente en los sonetos hernandianos que toman el toro como símbolo de la pasión amorosa del poeta. A este respecto, lee con atención los sonetos quevedianos que comienzan: «¿Ves gemir sus afrentas al vencido» y «¿Ves en el polvo de la lid sangrienta»

[a] Compara la visión táurica de Quevedo con la de los sonetos: «El toro sabe al fin de la corrida», «Por una senda van los hortelanos» o «Como el toro he nacido para el luto». ¿Qué hay de personal en los poemas hernandianos?

15.5 En la etapa de la "poesía impura" se dejan sentir en Hernández las influencias de **Pablo Neruda** y **Vicente Aleixandre**, especialmente reconocible en los poemas 41 y 42. La lectura de algunos poemas de *Residencia en la tierra* (como «Estatuto del vino») y de *La destrucción o el amor* (como «Orillas del mar» o «Mar en la tierra») nos servirá de elemento de comparación con la poesía de Hernández.

[a] Analiza los influjos que, tanto en el plano léxico, como en el de recursos estilísticos y de concepción lírica en general, recibe Hernández de dichos poetas.

B) INFLUENCIAS EN LA POESÍA POSTERIOR

Las palabras de Mantero (documento 7.1) nos dan la pauta de la importancia que ha tenido la influencia de la poesía de Hernández en poetas posteriores. Sin embargo, dicha influencia ha sido más "expresiva" o de tono general, por lo que no siempre resulta fácil rastrear influjos concretos, aunque la violenta pasión amorosa, el tono existencial y desgarrado o el compromiso social son variantes que han ido dejando en las distintas vertientes poéticas de los años cuarenta, cincuenta y sesenta una honda huella.

15.6 El acierto con que Hernández trata el **tema del toro** ha atraído a más de un poeta. **José García Nieto**, por ejemplo, parafrasea en su poema (documento 7.2) algunos versos de «Como el toro he nacido para el luto» de Hernández.

[a] ¿Qué influencias recibe García Nieto de Hernández y qué diferencias encuentras entre uno y otro soneto?

También la poesía "táurica" de **Rafael Morales** nos recuerda a menudo la de Hernández. Lee el segundo soneto del documento 7.2.

[b] ¿Qué similitudes y qué diferencias de tono, trascendencia, imágenes o estilo encuentras entre el poema de Morales y los de *El rayo que no cesa*?

15.7 Leopoldo de Luis, además de estudioso de la poesía hernandiana, es uno de los mejores poetas de los años cincuenta. En su poesía se funde lo existencial y lo social. De su entusiasta lectura y estudio de la obra del poeta oriolano le han quedado indudables resonancias; pondremos un ejemplo en que tales influencias son claras:

EL HAMBRE

Boca buscando vida a dentelladas,
buscando libertad, buscando aurora.
Hambre embistiendo en ciegas oleadas
que sólo pena y soledad devora.

Es la mano del hambre la que guía
este sordo destino, esta aventura
por donde el hombre asoma cada día
como una indominable dentadura.

Pan, libertad, amor, Dios, paz, olvido,
día a día buscando por sustento,
y hombre a hombre, como un niño perdido,
como un instinto de animal hambriento.

Amargo el pan, la libertad negada,
amor que es odio, paz que es turbia guerra,
seco rencor que nunca olvida nada,
Dios que desde su altura nos destierra.

Cuanto tocan los dientes con su frío,
cuanto en la mordedura se cercena,
se vuelve masa de amargor y hastío.
Sólo comemos soledad y pena.

a ¿Con qué etapa de Miguel Hernández se relacionaría el tono expresivo de esta poesía? ¿Qué elementos de estilo, contenido o ideología nos recuerdan a Hernández?

15.8 Otros poetas en que a veces apunta la huella de Hernández son **José Luis Cano** y **Manuel Mantero**, ambos, además, estudiosos de la obra de nuestro autor.

a Léanse los poemas «Cuerpo de noche» (Cano) y «He de matarte un día y enterrarte» (Mantero), y analícense, como en los casos anteriores las diferentes deudas contraídas por estos poetas con Hernández.